彼女が天使でなくなる日

Haruna Terachi
寺地はるな

角川春樹事務所

目次

装画　北澤平祐
装幀　鈴木久美

彼女が天使でなくなる日

第一章　あなたのほんとうの願いは

いちばん古い記憶は、背中の熱だ。母親ではない人の痩《や》せた背中はとてもあたたかで、心地良かった。

ゆりかごのゆめにきいろいつきがかかるよ、とその人は歌っている。千尋《ちひろ》は耳で聞くというより、背中にくっつけた頰《ほお》につたわるかすかな振動で歌を感じている。

くっつけていないほうの頰は濡《ぬ》れていて、だから自分はその時泣いていたのだろうと思う。その直前の記憶はないから、なにがあったのかはわからない。濡れた頰に潮風が当たる。冷たさとあたたかさを同時に左右の頰に感じていた。

島では毎週金曜の朝七時に「市」がたつ。『いそや』という食堂の周辺に軽トラックやリヤカーが並ぶ。売るのも、買うのも、島民だ。漁協に出せなかったちいさな魚だったり、畑でとれすぎた野菜がそこで取引される。物々交換も頻繁《ひんぱん》におこなわれて、にぎやかだ。

ポケットに手を突っこんで、千尋は市を目指して歩く。道に散らばったパンくずをつついていた雀《すずめ》がいっせいに飛び立った。空はどんよりと曇っていて、さわやかな朝だとは言い難《がた》い。

女たちが喋《しゃべ》っている。軽トラックの荷台に積んだ段ボールから、土のついたにんじんが今にもこぼれおちそうだった。女たちの中心にいた外田《そとだ》さんが「あれ、千尋だ」と声を上げる。胸に犬の顔がアップリケされたエプロンのポケットから手を出して振りはじめたので、千尋もそれに応《こた》えた。

「おはようございます」

頭を深く下げる。愛想よくする必要はないが、つねに礼儀正しくせよというのが千尋を育てた人の口癖《くちぐせ》だった。

「なに買いにきたの」

「魚です。なんかいいのがあったらと思って」

「民宿で出すの?」

「いえ、違います。託児所の子どもたちとわたしたちのごはんです」

「ふうん」

不躾《ぶしつけ》な視線を千尋に浴びせたのち、外田さんは唇《くちびる》の両端をぐいっと持ち上げる。

「あの男は?　一緒に来なかったの?」

あの男。揶揄《やゆ》と批難《ひなん》とそのほかにべつのなにか、おそらくはほんのすこしの羨望《せんぼう》が混じった響きだった。イケメンなんでしょ、と誰《だれ》かが口をはさんで、外田さんが心得顔で頷《うなず》く。その言葉そのものを千尋は使うことがない。おそらくは、今後も。特に麦生《むぎお》にたいしては。

「なんていうか、こう、陰があるかんじの、ちょっとしたいい男だね」

「ミステリアス、みたいなね。千尋はそういうのがタイプだったんだね」

みんな好き勝手に麦生を品評している。

十五歳までこの島で育った千尋が、自分の恋人を連れて帰ってきたのは去年のことだった。モライゴがよその男を連れて帰ってきた、と噂《うわさ》になった。外田さんが喋りまくったからだ。民宿『えとう』の千尋、そうあの本土でベビーシッターやってた子、あの子が帰ってきたのよ。民宿継ぐだけじゃなくてなんていうの、保育園？　託児所？　そういうのを併設するみたいよ、と。おかげでいい宣伝になったが、噂には尾ひれがつく。託児所の話がひとまわりして千尋のもとに戻ってきた時には「千尋はいま島の保育園に通っている子どもを根こそぎ奪うつもりらしい」という話になっていて肝《きも》をつぶした。千尋に向かって真顔で「ちょっとどうかと思うよ」と苦言を呈《てい》する人もいたぐらいだ。

そもそも託児所は、民宿に子連れで泊まるお客さんを対象にしたものだった。あとは保育園が閉まっている時間、早朝や夜中などに預かる夜間保育を考えていた。早朝から漁に出るような家庭が、島にはいくつもあるから。

そのように説明したが、なかなか誤解はとけなかった。おかげでいまだに、保育園の園長先生に出くわすと気まずい沈黙が漂《ただよ》う。

あなたの言うミステリアスなイケメンは留守番しています、と答えようとした時、外田さんが「あら噂をすれば」と呟《つぶや》いた。麦生がこっちに向かって歩いてくる。栗《くり》色の髪が朝陽《あさひ》にすけて、ほとんど金色に見えた。

染めたわけではなく、もとからそういう色なのだ。そういえば麦生は、瞳《ひとみ》の色も薄い。肌の白さといい細い身体《からだ》といい島にはほとんどいないタイプの男で、一緒に暮らしている千尋でさえ、外で見るとその場違いな美しさにあらためて驚く。

「遅いから迎えに来たよ、千尋さん」

「んま！　見てるほうが照れるわね！」

「迎えに来ただって！」

外田さん他数名がけたたましく笑い出した。悪い人たちではないのだ。自分にそう言い聞かせながら千尋は下を向く。ただデリカシーやそういったものが絶望的に欠如《けつじょ》しているだけで。

麦生は外田さんたちの反応には頓着《とんちゃく》せぬ様子でにこにこと千尋の背中に触れる。人ごみを歩く時、いつもそうするように。彼女たちの視線がこんどはその部分に釘付《くぎづ》けになる。この話もきっと、島中に広まってしまうのだろう。人目もはばからず身体に触っていちゃついていた、などと言われるにちがいない。

千尋はさりげなく麦生から離れ、リヤカーの上に並べられた小アジの干物を吟味《ぎんみ》する。

「あんた、千尋を頼むよ」

外田さんが麦生に話しかけている。

「この子はね、島のみんなの子どもなんだから」

お前はね、この星母島《ほしも》のみんなの子どもなんだよ。物心ついた頃《ころ》から、島の大人たちのそんな言葉をよく耳にしていた。この島の、みんなの子どもだから。

いい子、いい子、と言われた。ガラスを割っても、同級生を叩《たた》いて泣かせても、みんな「元気いっぱいでいい子だ」としか言わなかった。いい子、いい子、千尋はみんなの子どもだよ。あの言葉はでもきっと、質問を封じるためのものだった。わたしのほんとうの親はどんな人？どこにいるの？　という質問を。だから千尋は一度もそう訊《たず》ねたことがない。今ではもう、知りたいとも思わなくなってしまった。

*

夜明け前はいつも死にたくなる。ほんとうに死ぬわけにはいかないことぐらい理津子《りつこ》ももちろんわかっている。あー眠い、あーお腹空《なかす》いた、とぼやくのとおなじぐらいの重みで「あー死にたい」とひとりごちるだけだ。それでも十回に一回の割合で、いくぶん本気が混じる。二時間以上にわたって夜泣きを続けた達樹《たつき》がやっとうとうとしかけたかと思ったらすでに東の空が白みはじめていた時や、達樹を寝かしつけた後に持ち帰った仕事をしている時などにぷかりと

「今死ねたら楽になるかな」が浮上する。そしたら永遠に寝れるとかお腹も空かなくて済むとかなんとか考えているうちに、ベランダから身を乗り出していた時もある。

死ぬわけにはいかない。自分が死んだら、達樹はどうなる。まだ一歳にもなっていない、たったひとりの息子。死んではいけないと重々わかっているのにうっかり死にたくなってしまうほど、睡眠不足と空腹は人間から正常な判断力を奪う。

抱っこ紐《ひも》の中でぐずっている達樹をじっと見下ろした。いつも定期的に読んでいる育児ブログで「夜泣きがひどかったうちの子がすやすや寝るようになりました！」と紹介されていた『赤ちゃんがすやすや眠る50の方法』という本をそれこそすがる思いで購入した。

その本にのっていた方法ならもうすでに四十もためした。今のところどれも効果はない。もうあと十しか残ってない。

さっきマンションの隣人が壁をどんどん叩いてきた。うるせえ黙らせろ、とばかりに、そのどんどんは繰り返された。窓を開けていると隣人がテレビのクイズ番組の問題に答えている声が聞こえるぐらいの安普請《やすぶしん》である。独身時代なら負けじとどんどん返しをしたかもしれない。あんただって大声出してるし！　しかも回答けっこう間違えてるし！　バカなの？　ハア？ぐらいのことは言ったかもしれない。でも今はその気力がない。

いたたまれなくて外に出てきた。十代の頃、居場所がないという趣旨の歌をよく聞いていた。「こういう気持ちわかるかも」などと思いながらカラオケで歌っていたのだったが、現在は気持ちがどうとかいう話ではなく、物理的に居場所がない。

昼間の達樹はよく寝る。抱っこ紐に入れて買いものなんかしていると、いつのまにかすうすう寝息を立てている。振動が気持ちよいのだろう。

だからこそこうして夜道を散歩しているのであるが、しかしこのやりかたでしか寝てくれない体質の赤ちゃんになってしまっては困る。だってもしそうなったら理津子は毎晩夜通し歩きっぱなしではないか。死にたいと思わなくてもふつうにいつか死ぬ。

ひーん、というような声を上げた達樹のおしりを軽くぽんぽんと叩く。かわいい唇がむにむにと動く。どんな果実よりもみずみずしくてやわらかいちっちゃなかわいい唇。唇だけじゃない。全身のどこを切り取っても、かわいくないパーツがなにひとつ存在しない。達樹はかわいい。でも眠くてたまらない。お腹が空いてたまらない。

仕事を終えて保育園に預けた達樹を引き取り、レトルトの離乳食を食べさせてお風呂に入れた。そのあいだ理津子が口にしたものと言えば、なにも塗っていない、焼いてすらいない食パン一枚きりだ。ひっきりなしに達樹が泣くので、自分の食事を用意する余裕がなかった。むなしかった。よく嚙《か》めばきっと生地の甘みが感じられるはずだと思ったが、そんなにじっくり嚙む余裕もなかった。

お腹は空いている。でもこんな時間になにか食べるわけにはいかない。もともと太りやすい体質なのだ。高校生の頃から「夜八時以降はなにも食べない」というルールを自分に課してきた。子育て中だからと言ってそのルールをとっぱらうわけにはいかない。

「この子はなんていうか、そういう赤ちゃんなんです」

市の健診を受けた時、そう言われた。起きているあいだは泣いてばかりいるし、ほとんど寝ないのだと言ったら、若い保健師から、そういう赤ちゃんだからしかたない、それぞれ個性がありますから、と肩をすくめられて、理津子のほうが泣きたくなった。子育てに正解はない、とも言われた。それはわかっている。わかっているのだが、それでも正解を求めるのが人間ではないのか。違うのか。どうなのか。

東の空が白み出す。夜明け前はいつだって死にたくなる。五分前にもおなじことを思ったような気がする。

一時間。一時間でいいから目を閉じて、寝たい。ふかふかのベッドとは言わない。かたい床の上でもいいから、四肢をのばして眠りたい。縮こまった姿勢で達樹を抱いたまま、浅い眠りをつまみぐいするのではなく。

頭はぼさぼさ、部屋着に上着を一枚はおっただけのみすぼらしいかっこうでよろよろ歩いている自分は、すでに半分死んでいるのも同じだ。

しっかりしている。昔から、そう言われ続けてきた。学生時代の知り合いが今の理津子を見たら、仰天するに違いない。

妊娠は想定外だった。結婚したばかりで、夫は「あとしばらくふたりでの生活を楽しみたいよね」と言っていたし、理津子もあと数年は仕事に集中したかった。

夫は仕事が、というよりも仕事が好きな自分が好きだというタイプで、忙しければ忙しいほど生き生きと輝きはじめる。昔はそれを魅力的だと感じていた。

理津子は市内を中心に十以上の店舗を展開している『hirondelle』という雑貨チェーン店の本部に勤めている。

学生の頃からかわいい雑貨が好きだった。はじめてひとり暮らしをする時、食器やリネンのクロスの類《たぐい》はすべてほかならぬ『hirondelle』でちまちまと買いそろえた。そんな大好きな会社だったから、内定をもらった時は浮かれまくり、はしゃぎまくった。ふと耳にしたコマーシャルの音楽に合わせて踊り出してしまいそうなほどのりにのっていた。就職してからもその気分は続いた。フェアを企画したり、各店の責任者と商品の展開を考えるのはなによりもやりがいのある仕事だったから。

結婚しても、ぜったいに辞めるつもりはなかった。

もともと生理不順で、妊娠に気づいた時にはもう十週目を過ぎていた。想定外だったが、「おめでたですね」とよくわからない白黒のエコーの画像を見せられた時はたしかにうれしかった。そう思えたことが自分でも意外だったが、あたたかくきれいな色の「うれしい」はものすごい勢いで理津子の全身を満たしていった。

理津子から妊娠の報告を受けた夫は「えっ」と眉《まゆ》をひそめた。夕飯の最中だった。鮭《さけ》の切り身をつかんだ箸《はし》が宙で止まり、皿の上に置かれた。

「なんで?」

もちろん、夫が自分ほど喜ぶことはないだろう。それは予想していたが、よもや「なんで?」と質問されるとは思っていなかった。

「なんでって、そりゃああなたとわたしがそういう行為をしたからですけど」

「いや、でも……」

避妊をしていたのになんで、と言いたかったのだと後から気づいた。

夫は、日に日に大きくなる理津子のお腹に、一度たりとも触れようとしなかったし、エコー写真を見せられた時など「え、グロい……」とまで言った。市の開催する父親教室にも行ってくれなかった。

実家の母に電話で愚痴《ぐち》をこぼすと「男ってそんなもんよ、そんなもん」と笑われた。

「生まれたら変わる。だいじょうぶよ、すこしずついいお父さんになってくれる」

生まれてきた子どもは、笑ってしまうほど夫にそっくりだった。

「こりゃあ間違いなくあんたの子だわ」

義母が夫の背中をどやしつけた時には「当たり前だろ!」と内心いきりたったが、夫もやっと納得したように見えた。

ぎこちないながらも夫は沐浴《もくよく》を手伝い、へっぴり腰でおむつを換えてくれた。達樹が泣くたび「ママがいいんだってさ」と理津子に渡してくることには閉口したけれども、母の「すこしずついいお父さんに」という言葉を思い出して、耐えた。

そう。わたしは耐えた。知らぬ間に、スプーンをぎゅっと握りしめてしまっていた。達樹の泣き声で我にかえる。どうもお腹が空いているらしい。マンマ、マンマと繰り返している。

夫は今日もまだ帰ってこない。近頃は会社に泊まりこむこともある。会計ソフトを開発・販売する夫の会社の、いったいどんな業務がこれほどの残業時間を要するのかは、理津子にはわからない。自分は理津子よりずっと大変な仕事をしていると夫が主張するから、「あなたにとってはそうなんでしょうね」と思うだけだ。反論するより「夫は育児については戦力外」とあきらめてしまうほうが楽だった。無意味な話し合いに時間を費やすぐらいなら、黙って自分がぜんぶやるほうがはやいし、合理的だ。

合理的。そう思うたびに、耳の奥で風船が割れる音がする。理津子はそれを「心が死んでいく音」と名付けている。手持ちの風船がすべて割れたら、自分はどうなるのだろう。

レトルトの離乳食のストックが最後の一個になっている。また買ってこなければならない。パウチの袋を開けるたびに罪悪感で押しつぶされそうになる。ごめんね、手づくりしてあげられなくてごめんね、と思いながら、スプーンですくって食べさせた。「完璧《かんぺき》な母」幻想に影響されている自覚はある。

いや、完璧な母である必要などない、世の育児中の人だってみんな適度に手を抜いたり適度に息抜きしたり、詳細はわからないがとにかくいろんなものを抜いているはずだと思いつつも、自分の「適度」が間違っているような気もして、そうしていつか取り返しのつかない事態になりそうで、それがこわいのだ。

達樹はほんとうはそろそろ手づかみ食べというものを覚えさせなければならない月齢に達している。育児書には「汚れなんて気にしないで、どんどん手づかみさせましょう」と書いてあるのだが、後始末を考えると「簡単に言うんじゃねえよ！」としか思えない。

壁の時計に目をやると、もう八時を過ぎていた。いけない。スプーンを差し出す間隔が狭まる。達樹がぷいと顔を背けたので「おしまいね」と片付けようとすると、いきなりぎゃーっと泣き出した。口から飛び出したやわらかい鮭としらすのまぜごはんのかけらが理津子の頰に飛ぶ。

「なによ、まだ食べるの？」

差し出したスプーンは、乱暴に手でふりはらわれた。離乳食がべちゃっと壁にはりついて、どろりと流れ落ちる。

育休は一年未満で切り上げて、仕事に復帰するつもりだった。待機児童、という言葉はもちろん聞いたことはあったが、あくまで都会の話であろうとたかをくくっていた。自分が実際に保活をはじめてようやく、現状を知った。認可保育園は第五希望まで全滅で、けっきょく無認可に頼らざるを得なくなった。

無認可がいけないわけではないのだが、いかんせん料金が高い。一刻もはやく希望の保育園に空きが出ることを祈る。

「理津子が仕事辞めりゃすむことじゃん」

保育園に入れないと理津子が泣いた時こともなげにそう言い放った夫の顔を思いだすと、今でもかっと腹のあたりが熱くなる。「はらわたが煮えくり返る」という慣用句はけっして大袈《おおげ》裟《さ》な表現ではないのだと身をもって知った。煮えくり返ってもし鍋《なべ》ならすでに底が黒焦《くろこ》げの状態だ。

「田所《たどころ》さん」

棚をチェックしていると、背後から名を呼ばれた。店長である鈴江《すずえ》さんが、理津子の顔を覗《のぞ》きこんでくる。

『hirondelle』はすべて商業施設のテナントの形式で展開しており、独立型の店舗はない。この支店はその中でもいちばん大きい。理津子がこうしているあいだもひっきりなしに客が背後や脇《わき》を行き交う。約束していた時間よりはやく到着したら鈴江さんはレジで接客中だったので、声をかけずに店内を見回っていたのだ。

「へんですか?」

心配そうにまばたきをする。夫のことを考えているうちに、けわしい表情になってしまっていたようだ。

「いいえ。目を引くディスプレイだと思います」

鈴江さんの肩が安堵《あんど》したように下がる。本部から月に二度やってくる理津子を「監視役」ととらえているスタッフは多い。特に鈴江さんはもともと気の弱いタイプなのか、理津子にたいして妙におどおどした態度をとる。理津子の身長は百六十八センチで、小柄な鈴江さんと向かい合うとどうしても見下ろすかっこうになる。それがいけないのかもしれないが、身長は自分ではどうしようもない。

棚に並べられた木製の皿は子ども用のもので、それぞれりんごや車のかたちをしている。毎日使うものだからこそ、目にするたび心がうれしくなるものを。それが『hirondelle』のコンセプトなのだが、実際に子どもを持ってみると木製の食器は気軽には使えない。

「このまえベビーカーで入店されたお客さまがいらっしゃったんですが」

ベビーカーに乗った赤ちゃんが手をのばして棚の上の食器をぜんぶ落としてしまったという話を、鈴江さんは身ぶり手ぶりを交えて語る。

「だから棚を二段上に変えたんですけど」

赤ちゃんが食器をなぎ払ったという棚には、今はガーゼのハンカチ等が木箱に入った状態で並べられていた。

「とても良いと思いますよ」

ぎっしりつまったハンカチの数枚が引っぱり出されて、べろんと木箱からはみ出ていた。しゃがんでそれらを畳む。乱れた棚を見ると、考える前に手が動く。鈴江さんがあわてたように腰を屈《かが》めて隣に並んだ。

「すみません、すみません」

理津子からハンカチを奪う鈴江さんを、驚いて見つめる。この人はなんでこんなに怯《おび》えているんだろう。その疑問に答えるように、棚の向こう側からバイト同士の会話が聞こえてきた。

「今日あの人来るんだっけ、本部のこわい人」

「そうそう、あのきつい口調の人」

こわい。きつい。脳天に突き刺さるようなその言葉が自分に向けられていると、数秒遅れて気がついた。

「まだ子どもちいさいのに旦那《だんな》さんがぜんぜん協力してくれない、役立たずだってこのあいだ事務所で毒吐《どくづ》いてた」

「旦那さん、かわいそー」

「家でもあの調子で、ド正論ばっかり言ってるんじゃない？」

ははは、と笑い声がそろう。理津子たちがしゃがんでいたから見えなかったのか。ふたりは理津子の口調を真似《まね》て、また笑い合う。鈴江さんがぎゅっと身をすくませると同時に、理津子はすっくと立ちあがる。

つかつかと棚の反対側にまわりこむと、バイトのふたりが顔をひきつらせた。プリザーブドフラワーの束を手にしているところを見ると、ハーバリウムコーナーの補充をしにきたのだろう。

「私語をするなとは言わないけど、もうすこしボリュームを抑えて。それから、その程度の補充はひとりでできるでしょう。無駄を省いて」

鈴江さんが駆け寄ってきて、すみませんすみませんと頭を下げる。

「あなたに謝ってほしいわけじゃないです」

俯《うつむ》いたまま震えている鈴江さんの首は、子どもみたいに細く頼りない。一瞬、足元が大きく揺れたような気がした。地震かとあわてて周囲を見回したが、理津子以外はなんの反応も示していない。鈴江さんがなにか喋っているのが口の動きでわかったが、聞き取れない。

「もういいです」

そう言った自分の声は逆に、頭の中でわんわん響くほど大きく聞こえた。

保育園に迎えに行ったら、達樹の頬にひっかき傷ができていた。

「年長のおともだちと遊んでいる時に、手が当たっちゃったみたいで」

わざとじゃないんですよ、と首をすくめる保育士の先生も、こころなしか理津子に怯えているように感じられる。くわしく事情を聞く元気もなく、はいはいと頷いて、先生の手から達樹を受けとった。傷はたしかに痛々しいがもちろんあとがのこるような深さではない。それよりもはやく帰りたい。帰って、ごはんを食べさせて、お風呂に入れて、洗濯物をたたんで、それから、ああ浴槽も洗わなきゃ。紙おむつに名前を書かなければ。頭の中で手順を追うだけで気が遠くなる。それらをがんばって終わらせてもまた明日になればおなじことを繰り返さなければならない。

明日がまた来る。かつてはポジティブな意味合いで使っていた言葉が、今は脅しのようにしか感じられない。

マンションに帰りつくと、エレベーター前の郵便受けからダイレクトメールがはみ出していた。カード明細やらチラシやらがぎっしりつまっている。郵便受けの脇にはゴミ箱があり、いらないものはここに捨ててね、ということになっているのだったが、床には宅配ピザのチラシや水道修理の電話番号が書かれた薄いマグネットが散乱していた。このアパートの住人たちはよほどモラルに欠けているか、さもなくばひどく視野がせまいのだろう。目の前にあるゴミ箱に気づかないぐらいに。

左手に通勤用のかばんと達樹の通園バッグ、右手にからあげ弁当の袋、さらに抱っこ紐の中で達樹が自由を求めてもがいているという状態で、郵便物とチラシの束を「いるもの」と「いらないもの」にわけるのは至難の業なので、束ごとかばんにつっこんで二階へと続く階段を上がる。

家に帰って、まずは通園バッグを開けて、おむつを捨てる。なぜか保育園で換えた使用済みのおむつは処分されずに各保護者が持ち帰らされる。園で出すゴミを減らすためなのか、あるいは預けたおむつと使用したおむつの数が合っているかチェックしてくださいねということなのかはわかりかねる。そういうことなんでしょうかと問い合わせる気力もない。

レトルトの離乳食がきれていた。朝「もうないから帰りにドラッグストアに寄らなきゃ」と思っていたのに忘れていた。達樹はお腹が空いているらしく、ベビーチェアの上で足をばたばたさせている。

「ちょっと待ってねー」

マンマママママママンマァーマァマーンンアアアーという声が続く。とりあえずという感じで、朝食用に買っておいたスティックパンを持たせると、待ちかねたようにもぐもぐ食べはじめた。もう夕飯はこれでいいじゃないかと息を吐く。

今のうちになにかひとつでも片付けよう。紙おむつを取り出し、油性ペンを走らせる。

達樹が静かになって安堵したのもつかのま、こんどはチャイムが鳴った。ドアスコープから覗くと、信じられないことに義母が立っていた。

あんた先週もアポ無しで来ただろ帰れよ、と言ってやれたらどんなにいいだろう。しかもドアを締め切ったまま。つめたく言いはなってやりたい。帰れ、と。

「理津子ちゃん！　いるんでしょ？　ねえ」

居留守を使いたいが、ドアの上の小窓から部屋の明かりが漏れてしまっているから無理だ。いったいなぜこんなところに小窓をつくろうと思ったのか、機会があれば設計者に問いただしたい。

「お義母《かあ》さん。どうしたんですか」

「達樹に会いに来たのよ、ちょっとあがらせて」

ドアを開けるなり丸っこい身体をねじこんできて、ずんずん部屋に入ってくる。達樹が握っているスティックパンを見て、あらっと眉をひそめた。

「いやだ、お夕飯にパンなんか食べさせるの？　理津子ちゃんったら」

「今、仕事から帰ってきたばかりで」

義母の指摘より、言い訳じみたことを口にする自分に腹が立つ。この期におよんでお前はまだいい嫁でいたいのか？　そうなのか？　ああん？　頭の中でもうひとりの自分から胸倉を摑《つか》まれて、息も絶え絶えだ。理津子の「もうひとりの自分」は怒りんぼなのである。

「せめてサンドイッチにしてあげたらどう？　これは菓子パンじゃないの。赤ちゃんには砂糖が多すぎる！」

「……でも達樹はこれが好きなんです」

達樹に会いに、と言ったわりに、本人に話しかけるでもない。今はしかし、それがせめてもの救いだった。ただでさえ人見知りをする達樹はとりわけ義母が苦手なようで、抱っこでもされようものならこの世の終わりみたいに泣き叫ぶ。疲れて帰ってきたというのに、これ以上余計な手間を増やされてはたまらない。

ふうん。頷いた義母の視線が、いそいで取りこんだ洗濯物の山や、テーブルに積み上げた紙おむつをつぎつぎと突き刺していく。

こんなふうにちゃんとできていない部分を他人に見られるのは屈辱的だ。ほんとうの自分はこんなんじゃないのに。今はちょっと余裕がないだけなのに。

「なんで名前書いてるの、おむつなんかに」

「保育園に預ける時は、そうする決まりなんです。消耗品《しょうもう》にも記名するっていう」

はあ。ため息が吐き出されて、義母の眉根《まゆね》がぎゅっと寄せられる。

「たいへんねえ、こんなちいさいうちから保育園なんてねえ」

もう二〇一八年ですよ、と言いたい。こんなことを本気で言う人間がまだこの世に存在しているなどとは、出産前の理津子は想像すらしていなかった。それが義母だったということも。はじめて会った時から「理津子さん」ではなく「理津子ちゃん」と呼んでくれた。気さくないい人だ、という第一印象はこちらの領域にずかずか踏みこんでくる無神経さと背中合わせであった。今頃気づいてももう遅い。

「そうそう、ねえ土曜日のことなんだけど、十時に来てくれる?」

「土曜日？」

なんでしたっけ、と首を傾《かし》げながら、心が黒い雲に覆われていく。なにかとてつもなく重要なことを忘れている気がする。

いやねえ、と義母が空中を叩くような仕草をした。

「ねえさんたちが遊びに来るの！　和明《かずあき》のいとこたちも子ども連れてくるのよ。楽しみねえ」

ああ、と頷いたらまた足元がぐらりと揺れた。義母の声が近くなったり遠くなったりする。

そういえば夫が深夜に帰宅してそんなことを言っていたような気がする。たしかあの時も意識がもうろうとしていたので適当に返事をしてしまった。それがいつのまにか承諾したことになってしまっている。非常にまずい。

ねえさん、とは義母の実姉のことである。義母は四姉妹の末っ子でこの年齢になっても姉妹の仲が良いことが自慢らしく、なにかというとホームパーティーだかなんだかと理由をつけて集まってはぎゃあぎゃあ騒ぐ。勝手にやっているぶんには結構だが、そこに自分らの子どもや孫を巻きこむからたちが悪い。

たしか達樹が生まれた時も、産婦人科から退院した翌日にどやどやと押しかけてきて、首が据わっていないどころか目もろくに開かない達樹をかわるがわる抱っこしては、耳が誰それにそっくりだの鼻が低いのと失礼なことばかり言って帰っていった。理津子にたいしては出産おめでとうの一言もなく、帰り際に「しっかり育ててね！」と肩を叩かれただけだ。

その後も顔を合わせるたび「ふたりめはまだ?」「女の子も産んでおくといいよ」としつこい。

「ほんとは朝一で来てもらって料理の手伝いをしてもらいたいけどまだ達樹も小さいしねえ、たいへんだろうから十時でいいからね?」

あいつらがまたやってくるのか。冗談じゃない。冗談じゃない!

「あー、すみません。じつは急な仕事が入ってしまいました。その日」

「ええ?」

「ほんとにあの、外せない仕事なので」

信じて。祈るような思いで口角を下げて首を振る義母を見つめる。信じて! 嘘《うそ》だけど!

「……やっぱり無理があるんじゃやない?」

はあ、というわざとらしいため息とともに、義母が頰に手を当てる。

「理津子ちゃん。あなた、ここまでして仕事を続ける意味あるの?」

「あの、前にもお話ししましたよね、仕事は辞めません」

「理津子ちゃんだって大変でしょう。そんなげっそりした顔して。わたしはね、あなたが心配なの」

おかわりを所望するように、達樹がテーブルをばしばしと叩く。そっとスティックパンをもう一本握らせると、義母がまた眉をひそめた。心配だと言うならもっと手伝ってくれ、たまには預かってくれと言いたいが、義母は達樹が生後六か月の時に自作の煮物、もちろん大人用の味付けがなされたものを、あろうことか自分の使っていた箸で食べさせようとした過去がある。だからやっぱりご遠慮願いたい。

「こんなんじゃ、ふたりめだって難しいでしょ」

やれやれと首を振る義母をにらみつける。またその話か。

「だったら、和明さんが仕事を辞めたらいいと思います」

「なにをバカなことを言ってるの、男が仕事を簡単に辞められるわけがないでしょう」

「わたしの仕事は簡単に辞められると言いたいんですか?」

義母が両手をワイパーのように動かしはじめた。

「わかったわかった、もういい」

ちょっと落ちついてよ、と宥《なだ》められたことにかえって腹が立つ。そもそもあんたがこの話題を持ち出したんだろうが。

「……理津子ちゃんの言ってることは正しいよ。いつも正しい。けどそうやってきつい口調で追いつめられたら、男はつらいんじゃないの?」

「男って。お義母さんの息子でわたしの夫ですよね。きゅうに主語を大きくしないでください」

「ほらー、そういうところよ」

女はもっとゆったり構えておかなきゃね。最後まで余計なことを言って、義母は帰っていった。

かわいそう。正しい。ド正論。きつい口調。バイトの女の子たちと義母が、かわりばんこに理津子の頭の中で喋っている。

正しいことを言うのは、そんなにいけないことなのか。

いつだったか実家の母に現在の窮状について相談したら「時間が解決してくれることもあるって」などと的外れなアドバイスをくれた。

時間がものごとを解決するケースは、たしかにあるだろう。でも理津子は今困っているのだ。母と話すとかえって疲れるので、最近はもうこちらからは連絡しないようにしている。自分の趣味の活動に忙しい母もまた、向こうからは電話をかけてこない。すぐ近くに兄夫婦が住んでいて孫とはいつでも交流できるせいか、達樹の成長にもあまり興味がなさそうだ。

すっかり冷え切ったからあげ弁当を温めなおす気力もなく乱暴に蓋《ふた》をあけると、水滴がぼとぼと鶏《とり》のからあげに落ちて絶望する。

人はなんのために生まれてくるのか。理津子にはわからない。だが、すくなくともびしょびしょのからあげを食べるためではないはずだ。

寿司が食べたい。刺身でもいい。倦怠《けんたい》期真っ最中の恋人に抱かれながら昔の恋人を想《おも》う女のように、からあげを咀嚼《そしやく》しながら寿司と刺身のことを考え続ける。からあげのことは好きだし長いつきあいだが、今いちばん会いたいのは寿司と刺身なのだ。

妊娠中はずっと生の魚を断っていた。今はもうなんでも食べられるはずなのに、どうしてわたしはこんな食べたくもない冷えたからあげ弁当を食べているのかという思いが理津子の脳裏《のうり》をよぎり、すぐに消える。考えると疲れる。脳のリソースは有限である。大切に使わなければならない。

スティックパンを三本も食べたというのにまだ食べ足りないのか、達樹が理津子の膝《ひざ》の上にハイハイでよじのぼってきて、弁当に手をのばす。

「達樹、だめよ。これはママの」

執拗《しつよう》に弁当に触ろうとする達樹をかわすため、弁当を頭上に掲《かか》げるようにして食べなければならない。味などわかるはずもない。達樹は不満そうな声を上げながらテーブルにつかまって立ち上がり、弁当を求めて両手を空中に差し出す。

ごはんを喉《のど》につまらせそうになって、激しく噎《む》せた。達樹がひとりで立っている。今まではなにかにつかまっていないと立っていることができなかった。達樹自身もびっくりしたように、目をぱちぱちさせている。五秒ほどそうしていただろうか。ぺたんと尻餅《しりもち》をついて、それから達樹はきゃっと声を上げて笑った。

「達樹、たっちできたね」

もう弁当どころではなかった。割り箸を放り出して達樹を抱き上げる。やわらかな頰に顔を寄せると甘い匂《にお》いがして、「あの感覚」に包まれる。あの感覚、としか呼びようがない。子どもが生まれるまで感じたことがなかったものだから、名前がまだつけられない。あえて言葉にするなら、「よろこび」とか「いとしさ」を加熱したらポップコーンのようにそれらがはじけてぽんぽん跳ねて踊り出す、それを見ているうちに自然と笑い出してしまう、というような、あの感覚。

ああ、かわいい。日いちにちと成長していく達樹。なんてかわいいんだろう。

抱えたまま、かばんに手をつっこんだ。ハンドタオルやさっき乱暴につっこんだチラシの束がわさっと飛び出してくる。達樹の成長を誰かに伝えたい。指先がスマートフォンを探り当てた時、この喜びを共有するにふさわしい相手など誰もいないと気がついた。

なんてさびしいことだろう、と思った瞬間に涙があふれ出して、理津子は床に伏して声を上げて泣いた。子どもを産む以前の理津子はめったなことでは泣かなかった。ところが今はちょっとしたきっかけで抑制が利かなくなってしまう。ジェットコースターのごとく、感情が数秒単位ではげしく上下する。

達樹が床に落ちたチラシを手に取る。べりべりと破いては、床に放る。このままでは紙くずだらけになる。達樹が一部を口に入れているのに気づいて、あわてて指で搔《か》き出した。破られたチラシをすばやくひろいあつめ、ふと手をとめる。旅行会社のチラシのようだった。海の写真が美しかった。

母のためのやすらぎの時間、星母島。チラシにはそう書かれているが、残りの字は読めない。達樹の唾液《だえき》でぐちゃぐちゃに濡れているから。


星母島は九州北部に位置する島である。人口三百人。その情報はネットから得た。島の名前で検索すると、いくつかの個人のブログがヒットした。

なんでも星母島には「母子岩《ははこいわ》」なるものがあり、パワースポットとして注目を集めつつある、らしい。大きさの異なるふたつの岩がならぶさまが母と子がよりそっているように見えることからそう名付けられたという。

今夜も達樹は寝てくれそうにない。外に出る元気は残っておらず、抱っこ紐に入れてゆらゆら揺すりながら暗い室内を歩きまわる。

歩きながら、スマートフォンで星母島の記事をつぎつぎと読んでいく。

二十三時をまわったが夫はまだ帰ってこない。夫にはやく帰ってきてほしい、と思う時期は、もうとうに過ぎた。ただただ、あなたはいいね、という思いだけが埃《ほこり》のようにしずかに積もっていく。あなたはいいよね、ほんと。

「NOZOMIの妊活ブログ」と題されたブログには星母島の母子岩に祈願した翌月に妊娠したとある。「なんと！　この母子岩（笑顔の絵文字）子宝祈願だけでなく！　子どもに関する願いならなんでも引き受けてくれちゃうなんとも太っ腹なパワースポットなのデス（笑顔の絵文字）（キラキラの絵文字）」というううっとうしい文章を斜め読みしたのち、こんどは「うみとわたし」と題されたブログを開いた。

ライターの仕事をしながら、最近趣味で全国の小さな島をまわりはじめたという「みさきとうこ」と名乗る女性が綴《つづ》る文章は、簡潔で読みやすかった。

島で撮影したという美しい海や木々の写真が並んでいる。母子岩の写真もあるが、理津子の目にはただの岩で、なにをどうすればよりそう母と子になるのかまったくわからない。最初に言い出した人は想像力が豊かすぎるか、あるいは皆無であるかのどちらかだろう。

理津子が惹《ひ》かれたのは、星母島の民宿に関する記述だった。

「お夕飯はごはんに汁もの、おかずはお刺身や魚の煮つけなど一般的な家庭料理の献立ですが、やはり魚が新鮮でとてもおいしい。わたしは今回一人旅でしたが、子連れ歓迎の宿とのことで離乳食にも対応してくれるそうです。

民宿を運営しているのはもとベビーシッターというユニークな経歴の女性です。託児施設も兼ねているので、宿泊客が島内を散策するあいだお子さんを預かってくれるそうです。砂浜ににぎやかな子どもたちの声が響く、素敵な島でした」

託児施設。おいしい刺身や煮魚。料理の写真が添えられていないところがかえって想像を掻き立てる。理津子の求めているすべてがここにある。

ああ、いいなあ、とため息が漏れた時、玄関のドアが開く音がした。古いマンションだから、ドアの蝶番《ちょうつがい》がきしんでものすごい音を立てる。夜遅く帰る時は気をつけてほしいと言っているのに、夫は毎回ドアを勢いよく開ける。

「達樹が起きちゃうでしょ」

文句を言うにも囁《ささや》き声なので、いまいち迫力が出ない。おかえりもなしかよ、といやな顔をする夫の吐く息にアルコールの匂いが混じっている。

「ねえ土曜のことなんだけどさ、わたしお義母さんのとこ行きたくないの、断っていいよね、和くんひとりで行ってよ」

廊下《ろうか》をぺたぺた歩く夫の後を追いながら必死に訴《うった》える。夫は振り返って、えー、と顔をしかめた。

「休みの日ぐらいゆっくりさせてくれよ」

夫は夫で、件《くだん》のホームパーティーには理津子と達樹だけを行かせるつもりだったらしい。

「休みの日ぐらいゆっくりって」

「あ、いや」

「ゆっくりって」

「いやいや」

さすがにまずいと思ったのか、慌てたように首を振る。

「理津子には悪いと思ってるよ。でも正直しばらく俺《おれ》育児とか手伝う余裕ないんだよ、今ほんと仕事が……」

「前も言ったけど、その『手伝う』ってなに！　どうしてそんな他人事《ひとごと》なの！」

声のボリュームを気にする余裕はすでになかった。抱っこ紐の中で達樹がふえーんと声を上げ、舌打ちしそうになる。起きた。起きちゃったじゃないか。だいたいこの子はどうしてこんなに敏感なのだ。

布団に転がしておいたら勝手に寝る赤ん坊だって世の中にはいるはずなのに。どうしてわたしの息子だけこんなふうなんだろうと、こんどは達樹にたいして苛立《いらだ》ちが募《つの》る。

「いい。もういい。和くんに言ったのがまちがいだった。とにかく……とにかく、わたし、土曜日は行かないから」

どうしても行きたい場所があるの。達樹の泣き声に負けないように、声を張り上げた。行ってやる。ぜったいに星母島に行ってやる。

朝いちばんの新幹線の中で、達樹はおとなしくしていた。日頃は量を決めて与えるジュースやお菓子も、今日は制限せずに欲しがるだけ与える。静かにしておいてもらわなければ困る。公共の乗りものの中で赤ちゃんが泣き止《や》まない時の、あのいたたまれない気持ちを味わいたくないからだ。

博多駅であらかじめ調べておいたデパート内のキッズスペースに立ち寄り、おむつを換え、レトルトの離乳食とバナナを食べさせ、こんどは電車に乗る。やはり達樹は振動が心地よいのか、理津子の胸に頭をこすりつけながら眠ってしまった。

星母島の民宿には電話で予約を済ませてある。若い男が電話に出た。夜なかなか寝ない生後十か月の子どもとふたりなのだが大丈夫だろうかと訊ねると、相手はなぜかかすかに笑って「もちろんです」と答えた。もちろんです。その軽やかなひとことだけで、すこし呼吸が楽になる。

いつもいつも気をはっている。電車やスーパーマーケットや路上で。達樹が泣けば身がすくむし、泣き止ませられないなんてダメな母親だと思われている気がして恥ずかしい。

駅から港まではタクシーを使った。フェリー乗り場まで、という理津子の声に振り返った運転手は「クモイジマ?」と訳のわからないことを言った。

「はい?」

「お客さん、雲伊《くもい》島に来たんじゃないの?」

「いえ……」

「遠くから来るお客さん、たいてい雲伊島目当てだからねえ、いや失礼しました」

「そんなに有名なんですか」

正確には雲伊島にある「得宝《とくほう》神社」なる神社が有名で、全国から参拝客が訪れるのだという。

「買った宝くじをね、その神社で買った金色の袋に入れとくと当たる確率があがるんだってさあ。実際に高額当選者が何人も出たっていうんで、有名でね。知らない？」

「……知らない……ですけど」

なんかすごいですね、と言ってから、すこし反省した。感心している態《てい》で否定したい気持ちが滲《にじ》み出ている。宝くじが当たりますようにという願いを、子を欲しいという願いよりも一段下に置く自分は身勝手だ。

船を降りたら、眠っていた達樹が目を覚ますなり大きな声を出した。あくびのような、母に甘えるような、素《す》っ頓狂《とんきょう》な声だ。

電車の中でなら咄嗟《とっさ》に「しっ」と人差し指を口に当てるところだが、降り立った島にはほとんど人がいない。おおらかな気持ちで「ついたよー」と話しかけた。

磯《いそ》臭い匂いを吸いこんで、ゆっくり吐き出す。九月の海はわずかに灰色がかっている。「これが海だよ」と見せてやると、達樹は揺れる水面を前に目をまんまるにした。その顔がおかしくて、おもわず吹き出す。

母子岩を見に行く前に、民宿を目指すことにした。抱っこ紐の中でずっと縮こまっていたのだ。畳の上でゆっくり休ませてやりたい。

電話で予約をした後、メールで地図が送られてきた。ペンで書いたものをスキャンしたらしく、わりあい粗い画像だった。港からまっすぐ延びる道を歩き、河童《かっぱ》を右折、と書かれている。

河童ってなんだろうと思っていたら、河童を模した案山子《かかし》が道端に立てられていた。案山子のくせにみょうな生命力を感じて気味が悪く、なるべくそちらを見ないようにして通り過ぎる。

ちらりと覗いた路地の先には住宅が密集している。みな同じように古びて、色あせている。

山沿いの道をしばらく歩いて、松林に入っていく。『民宿　えとう』という看板を掲げた家は、長い松林の途中にあった。

瓦《かわら》ぶきの黒い屋根に、灰色の外壁。看板の文字はかすれている。ひとつだけ置かれた朝顔の鉢から蔓《つる》が四方八方に伸びていて、いくつも青色の花を咲かせている。

隣に民家らしきものが一軒あるだけで、他の建物は見当たらない。置き忘れられたふたつのおもちゃのようなたたずまいだ。

民宿の玄関の戸が開いて、男がひとり出てくる。理津子を見て「こんにちは」と頭を下げた。

「予約の田所さんですよね。お待ちしていました」

到着の時間は言っていなかったはずだった。

「だいたいわかるんです、もうすぐお客さんが来るっていうタイミングが」

戸を大きく開け放ちながら、招き入れるような動作をする。すくなからず混乱しつつも、なんとか自分を納得させる補足を思いつく。たぶんフェリーの便が限られているから、到着時間の予想がつく、という意味なのだろう。

玄関で靴を脱ぎ、廊下を男について歩く。存外奥行きのある家だった。部屋は六畳一間で、テレビとテーブルが置かれているだけの簡素なものだった。カーテンを開け放ったが、松の木に遮られて海は見えない。

もとベビーシッターが経営する子連れ歓迎の宿、などというから、もっと保育園的なというか、ショッピングモールのキッズスペース的な場所を想像していた。たとえばカラフルな飾りつけがしてあるとか、プレイマットが敷かれているとか。だが、天井を見ても壁を見てもただの民宿で、正直拍子抜けだ。

トイレは廊下のつきあたりで、風呂はその隣だという。乳児用のバスチェアを使用するかと訊《き》かれて「あ、はい」と頷いた。

「あとで出しておきますね」

部屋には入らず、襖《ふすま》の前に膝をついた姿勢で男はちいさなノートを取り出す。じっと見ていると顔を上げて「書いとかないと忘れるんで」と笑みをもらした。涼しげな目元に、鼻筋のすっととおったきれいな顔をしている。

若い頃なら心が騒いだかもしれないが、達樹を産んでから異性にたいする関心というものが皆無になった。さびしいことのようでもあり、すこしだけなにかから解放されたような気楽さもある。

食事は何時ごろにするか、アレルギーがあるか、なにか必要なものはあるか、今日は空気が乾燥しているようだが加湿器は使うかと、いくつもの質問を重ねられ、理津子がこたえるたびに男は鉛筆をきまじめにはしらせる。

抱っこ紐から解放されて畳に降ろされた達樹はすぐさまテーブルにつかまって立ち、すぐに尻餅をついた。はじめての場所に来て興奮しているのか、ものすごい速さで部屋の中をハイハイして回り、検分するように座布団をひっぱったり、壁を叩いたりしている。

「ほかになにかありますか」

「あの、母子岩ってどこにあるんですか」

ああ、と男は顎《あご》を引く。前髪がぱらりと額にかかって、それだけで顔の雰囲気が変わる。

「岬のほうです」

「パワースポットなんですってね」

「ええ。まあ、嘘っぱちでしょうけど」

そう言ったのは、男でも理津子でもなかった。いつのまにか男の背後に腕組みした女が立っていて、理津子をじろじろ見ている。

「え」

「あんなのただの岩ですよ。妊娠とか出産ってそんなもので左右されるんですか？　しませんよ。わたしはそういうスピリチュアル的なことは嫌いだな」

「ねえ、なにを信じるかはその人の自由だよ、千尋さん」

男がやんわりとたしなめるような声を出すと、千尋と呼ばれた仏頂面の女は「麦生はいつもそう言うよね」と鼻を鳴らした。

「あ、この人がこの民宿をやってる千尋さんです」

「もとベビーシッター」は、ではこの千尋なのだ。理津子はまだ「スピリチュアル的なこと」について文句を言いたそうに唇を尖《とが》らせている女を見上げる。なんと愛想のない女なのだろう。想像していたよりずっと若かった。もしかしたら理津子より年下かもしれない。

やわらかい笑みを浮かべたまま理津子たちを見ている麦生は本人曰《いわ》く「ただの民宿の手伝い」とのことだった。

「ご夫婦ではなくて……?」

「ご夫婦じゃありませんよ」

きっぱりと言い放つ千尋に向かって、達樹がハイハイで突進しはじめた。猛突進と言っていい。

たーたーと奇声を発しながら、千尋の足の甲をぺちぺちと叩いている。やめなさい、と言おうとした時、さっと場の空気が変わった。

千尋が達樹を抱き上げて笑ったからだ。一瞬遅れて理解する。はじけるような。いきおいよくあがる水しぶきのような。ぴったりの表現が、寝不足と旅疲れの頭ではうまく浮かばない。とにかく一瞬にしてその場の空気を変える笑いかたを、千尋はした。

それに誘われたように、抱き上げられた達樹がきゃっと甲高い笑い声を上げる。理津子は驚いてしまって、声も出ない。

「うん、いい子だね、きみ」

千尋は達樹にむかって何度も頷いている。

「でもまあ、行くんなら案内させますけど、母子岩。すぐそこだし」

どうします、と理津子に向き直って問うその顔は、すっかりもとの仏頂面に戻っていた。


すぐそこ、と言ったのに岬は遠かった。松林は島のぐるりに植えられているらしい。歩いても歩いても松、松、松、だ。吐く息の間隔が短くなる。熱くなる。慣れた靴を履いてきたはずなのに小指のあたりが強烈に痛みはじめる。歩いても歩いても松、松、また松。

「きついですか」

すこし前を歩いていた麦生が振り返って、皮膚病持ちの犬を見るような顔をする。

「まあ……」

いつもはこんなんじゃないんです、産後で体力が落ちてるだけなんで、と言おうとしてやめる。あまりにも言い訳じみてみじめったらしい。

達樹は民宿に預けてきた。あの人見知りする達樹が自ら千尋のほうに向かっていったのには驚いたし、すこしだけ癪《しゃく》でもあった。

達樹が理津子ではない人間に抱かれて泣くたび「ちょっとはママを休ませてよ」と理津子は

呆《あき》れる。呆れながら、優越感に浸ってもいる。やっぱり達樹は、母親である自分がいちばん好きなんだな、と。

「いつも、あんな感じ、なんですか」

あんなって？　とふしぎそうに振り返った麦生は理津子が「あの、千尋さんってかた」と続けると「ああ」と相好を崩した。

「いつもあんな感じですよ。人間嫌いの人間好きって感じですかね」

「よく、わからない、ですけど……」

「一緒にいるとおもしろいんです」

語る声に実感がこもっていた。

「ちょっと、イメージと、違い、ました。あの人も、あの民宿も」

歩きながら喋るとどうにも息が切れる。そうですか、と余裕綽々《よゆうしやくしやく》のふうで前髪を風に揺らしている麦生がふっと妬《ねた》ましくなる。いいねあなた若くて。いいね皮膚病持ちの犬じゃなくて。

「どんなイメージだったんですか」

どんな、とあらためて訊かれると、うまく言葉にできない。麦生は笑顔のまま「どんな期待をしてたんですか」と質問をかえた。

「期待って……」

「島の美しい自然と、おいしい食事。いっぷう変わっているけれども海のように包容力のある民宿の主《あるじ》に悩みを打ち明け、そこで厳しくもあたたかく含蓄《がんちく》のあるアドバイスをもらい、つかれた心が癒され、そして明日への新たな一歩を踏み出す、みたいな展開ですか？　癒されにきたんですか？」

「えっ」

自分に都合の良い素敵な人生の物語の展開を夢見るのは自由ですけど、感情も事情もある他人に都合の良い役柄を押しつける人は、僕は大嫌いだな、ときつい言葉を吐く麦生はやわらかい笑みを浮かべたままで、理津子は軽く混乱する。

「わたしは……わたしは、そんなんじゃ」

自分に都合の良い。押しつけ。それらの言葉にべちんべちんと頭を打たれるようだった。そんなんじゃないと言いながら頬が熱を帯びる。麦生が立ち止まって、ふっと眉根を寄せた。

「ごめんなさい」

頭を下げると、前髪がさらりとこぼれる。松の木のあいだから漏れる夕陽に照らされた髪は琥珀《こはく》の色をしている。

「あなたの前に泊まっていたお客さんがその、ちょっと」

アレな人で、というはっきりしない物言いをする。アレな人、と理津子はわけがわからないまま繰り返した。

「はい、ものすごくアレな人でした。千尋さんが困っていました。千尋さんが困っていると僕は悲しいので、だから今はちょっと警戒しすぎているかもしれません。あなたが悪いんじゃないんです。ごめんなさい」

話がさっぱり見えてこない。伝わってくるのは、ただの手伝いと自称するこの麦生が客よりもずっと「千尋さん」を気にかけていることだけだ。

「とても大切な人なんですね、きっと」

「はい。そうですね、大切です」

照れもせず、大きく頷く。

「いいなあ」

吐いた息は存外みじめったらしく松林に響いた。いいなあ、大切にされていて。

「行きましょう。すぐそこなので」

すぐそこ、すぐそこって、と文句を言いかけた時、視界が開けた。松林が途切れて、海が姿を現す。あそこです、と指さされ、目を凝らしてようやく見つけた。切り立った崖《がけ》の先に、しめ縄のかかった岩がある。あれが母子岩か。思っていたよりコンパクトというか、大きいほうの岩でも二メートルもないのではないだろうか。どちらの岩にも突起がある。それが互いに向かって伸ばした手のように見える、と言われればたしかにそう見えなくもない。しかしやはり岩は岩だ。どんなに想像力を駆使しても岩は岩だ。

「……がっかりしてます?」

「いえ、写真で見ていたので。わかってました。岩は岩だと」

それでも理津子は両手を合わせて祈った。

「ふたりめができますように」

我ながらまったく感情のこもっていない声だったが、なにかしらつとめをはたしたような気分にはなった。

「声に出さなくてもいいと思いますよ」

笑いをこらえているような顔で麦生が言い、理津子は肩をすくめた。

「ふたりめ、欲しいんですか」

年齢を考えるとそろそろ、という程度であっても、いちおう欲しいとは思っている。達樹にもきょうだいがいたらいいし、それに。

「そうしたら、義母たちにうるさく言われずに済みますから」

「うるさく言われないために子ども産むんですか」

「いけませんか？」

いいえ、と麦生はゆっくりと首を振る。ぜんぜん、と続けて、来た道を引き返しはじめる。理津子もあとに続いた。

母子岩にお願いごとをするために来たわけではない。千尋ではないが理津子もまた「スピリチュアル的なこと」は好きではないのだ。ただ夫の実家のホームパーティーから逃れたかっただけだし、あなたがさっき言ったみたいに癒しを求めているわけじゃないし、だいたいわたし「癒し」みたいな言葉って嫌いなんですよ、ついでに「ほっこり」も嫌い、焼き芋かよって思います、と話している途中で土を踏む足の感覚がなくなった。ああ、まただ。振り返った麦生の口が動いているが、音が聞こえない。足の感覚が戻ると同時に、理津子の身体が大きく傾ぐ。土の上にくずおれた直後に、視界が暗転した。

夢を見た。なめたら甘そうな、いい匂いのする色が広がっているだけのシンプルな夢だった。やわらかくてきれいなたまご色にふんわり包まれて、すごく気持ちが良かった。

目が覚めた時、理津子は真っ暗な部屋に寝かされていた。ふだんの暮らしでは、照明を落としても真っ暗闇にはならない。外には街灯がともるし、部屋の中ではさまざまな家電のランプが点灯している。掛布団をはねのけ、両手をあらゆるところにのばしたが、指に触れるのは布団と畳の感触だけだ。手探りで壁際まで進み、どうにかこうにかスイッチらしきものを、指がとらえる。ここが民宿の部屋であることをたしかめたのはいいが、達樹がいない。

いそいで部屋を飛び出す。廊下も真っ暗で、背後の光を頼りに進んでいった。玄関を入ってすぐ左側の襖からわずかな明かりがもれている。

「あの、誰かいますか」

「……はい？」

いぶかしげな千尋の声が返ってきて、しずかに襖が開く。事務作業をする部屋なのだろうか。ファイルのつまった棚と書類の広げられた机と、パソコンデスクと小型のコピー機と、そんなものがいっぺんに目に飛びこんでくる。

「あの、わたし……」

母子岩を見て帰る途中で例の足元がぐらぐらして音が聞こえなくなる感覚がきて、そのあとの記憶がない。

「麦生が『きゅうに倒れて、抱きおこしたらすうすう寝息を立てていた』と言っていました」

「すみません……」

「シロウさんにオウシンに来てもらいました。過労だろうと言われたので、そのまま寝かせておきました」

「あの、シロウさん、とは？」

「シロウさんは診療所の先生です」

オウシンを往診に脳内で変換するのに時間がかかった。

布団に寝かせたのはわたしです、と眉一つ動かさずに千尋は説明する。

「すみません……ほんとに……」

「謝る必要はありません。達樹くんは託児所でお預かりしています」

千尋のあとについて、民宿の外に出る。夜風が冷たくて自然と背中が丸くなる。来た時は気づかなかったが、民宿の裏手に離れのような建物があった。千尋は鍵を使ってそのドアを音を立てずに開けた。

「うち、託児所もやってるんで」

「ああ、はい」

みさきとうことという人のブログで読みましたと言ったら、千尋がかすかに眉をひそめたような気がした。

豆電球の下に子ども用の布団が数組敷かれているのが見えた。布団の上で、子どもが二人眠っていた。一歳から三歳ぐらいの年齢に見える。

「あーあ、自分も寝ちゃってますね」

千尋が隣で呆れたように呟いた。見ると壁際のベビーベッドの傍らで、麦生が膝を抱えたまま目を閉じていた。

「寝ちゃだめなんですか」

「だめということではないですが……今日こそひと晩寝ずの番をする、と本人が言っていたので」

達樹はベビーベッドの中でおとなしく眠っていた。見覚えのない、暗くてもわかるほど古ぼけた服を着せられている。千尋に揺り起こされた麦生の説明によると「夕食を食べさせてお風呂にいれたあとに遊んでいたら眠ってしまった」とのことだった。

「信じられない」

離れを出てから、ぼうぜんと呟く。達樹がおとなしくベビーベッドで寝るなんて、アンビリーバブルである。なんでわざわざ英語で思ってしまったのか自分でもわからない。それぐらい信じられないということかもしれない。

「あと三時間もすれば朝になります。七時になったら起こして連れてきますから、あなたも安心して部屋で寝ててください」

「いいえ、もうじゅうぶん寝ました。すみません」

頭と身体がすっきりしていた。音が遠くなったりふらふらするのは、やはり疲れのせいだったのだろうか。こんなに長い時間眠ったのはいつ以来だろう。

「とつぜん倒れるぐらいですから、よっぽど疲れがたまっていたんだと思います。何度も謝る必要はありません」

民宿に戻った千尋は、こんどは理津子を食堂へと連れていく。和室ばかりの家の中で食堂と台所だけがフローリングだった。

木製のダイニングテーブルの上には、無造作にコップに活《い》けた露草《つゆくさ》が飾ってある。千尋はキッチンカウンターの上のコーヒーメーカーを指さして「飲みたかったら飲んでください。カップは戸棚の中」と言い放ち、自分はさっさと台所に入ってしまう。

理津子は戸棚を開け、マグカップを取り出してコーヒーを注ぐ。戸棚にはこだわりのありそうななさそうな、なんの飾りもない白い食器が並んでいた。

「託児所って、朝まで預かるんですか」

夜間保育の存在は知っていたが、漠然と都市部にのみ必要なものだと思いこんでいた。こんなのどかな島には無用に思えるのだが。

コンロにむかっている千尋はこちらに背を向けていて表情がわからないが、どうやら笑ったようだった。

「今いるのは朝の四時に漁に出る家の子です。もうひとりの子は今、母親が本土の病院に入院中なので」

親に捨てられた子がどうのこうのと続いたように聞こえたが、聞き間違いかもしれない。ダイニングテーブルの椅子《いす》を引いて腰をおろす。

「千尋……さんは、子どもが好きなんですね」

「べつに好きではありません。旅先で倒れるほど疲れているのにふたりめを生みたがっているあなたのほうがよっぽど子ども好きだと思います」

麦生から聞いたのだろう。千尋はちらりと理津子を振り返り、すぐにまたもとの姿勢に戻った。

野菜を煮る甘い匂いを感知すると同時に、お腹が大きな音で鳴る。そういえば新幹線の中であわただしくおにぎりを食べたきりだった。

「ふたりめふたりめと義母たちがうるさいので」

「ふたりめふたりめとうるさい人は、こんどは三人め三人めとうるさくなりそうですね。あくまで想像ですが」

千尋の言う通りだ。ほんとうはキリがないのだ、他人の言うことに合わせていたら。

もうひとり子どもが欲しいのは理津子も同じことだ。でもそれが今いちばんの願いかと言われればきっと違う。今は余裕がなさすぎて、ゆっくり寝たいし、ゆっくりごはんを食べたいぐらいしか考えられない。

休みの日ぐらいゆっくりしたい、と言う夫の気持ちは理津子にだってわかる。夫の「ゆっくり」が理津子の犠牲のうえに成り立っていることが腹立たしい。

「失礼ですが、あなたのほんとうの願いは、べつのところにあるのではないですか？」

じゅう、という音とともにバターの焦げるいい匂いがする。千尋は背を向けたままだ。

ほんとうのねがい、と口の中で繰り返す。わたしの、ほんとうの願いは。

「そういえばずっとスマホ鳴ってましたよ」

あわてて部屋に戻って、かばんの中のスマホを取り出す。すべて夫からの連絡だった。充電がもう五パーセントしか残っていない。

心配です、とりあえず電話がほしいです、もしかして怒っているんですか、というようなながですます調のメッセージをすべて読んでから食堂に戻る。無視するつもりはなかった。ただ、まだどう返信したらいいのかわからない。フライパンを手にした千尋がテーブルに置いた皿の上になにか黄色い物体をのせていた。

「あ、フレンチトーストだ。わたしこれ大好きです」

「そうですか。まあ、嫌いだとしても今日はこれしか用意できないんですけどね」

千尋の唇の片端がわずかに持ち上がる。フレンチトーストの皿の隣に、湯気の立つスープの器が置かれた。

「ゆっくり食べてください」

空っぽの胃に、スープが落ちるとそこからふわっと温かくなる。角切りのトマトやキャベツやジャガイモがごろごろと入っているスープは塩味が効いていて、フレンチトーストの甘さをひきたてる。こんなふうに誰かに朝ごはんをつくってもらうなんて、何年ぶりだろう。胃だけではない、空っぽだった部分がだんだん満たされていくようなふしぎな感覚があった。

食べながら、夫に電話してなんと言おうかと考えた。ほんとうの願いを言うべき相手は、岩に宿る神さまではないと知っている。さびしかったと夫に伝えたい。千尋が大切だときっぱり言い切る麦生を目にしてわかった。

ひとりで育児と家事をこなさなければならないことよりも、夫から簡単に「仕事辞めれば」と言われたことが嫌だった。理津子が大切にしてきたものを尊重してもらえないことが辛《つら》かった。

結婚して、達樹が生まれて。そうやって家族が増えていくのに、すべてを「ちゃんとしなきゃ」とがんばるたび、どんどんさびしくなっていく。ほんとうは夫と、達樹がたっちをした喜びを共有したかった。はじめて海を見た達樹の表情をともに眺《なが》めたかった。

スマートフォンの充電が終わったら夫に電話をかけよう。忙しさを理由に、伝えずに済ませてきたことがたくさんある。

窓の外の世界がたまご色の絵の具を足していくようにすこしずつ明るくなっていく。

＊

こんどは三人で来ます。そう言って、理津子は達樹くんを抱いてフェリーに乗りこんだ。

「あの人、夫さんと喧嘩《けんか》でもしたのかなあ」

乗り場まで送っていった帰り道で麦生が呟く。千尋は畦道《あぜみち》の彼岸花をよけながら歩いていて、返事をしそこねた。民宿に来る客の事情にいちいち首をつっこんでいたらきりがない。

また来ます、と多くの客は言う。でもそれはただのあいさつで、実際にまた来た客はほとんどいない。母子岩の他にこれといったものがあるわけでもない、ただの小さな島だ。無理もない。

でも理津子とは、近いうちにまた会うような気がした。なぜかはわからない。もうすこし話してみたいような気がした、その感覚をなんと呼ぶのか、千尋はまだ知らない。

理津子の前に泊まっていた客を思い出す。若くはない、けれどもむやみにエネルギーに満ち満ちた女だった。ただし他人にエネルギーを分け与えるのではなく奪って元気になっていくようなタイプの。気さくなふるまいの裏にほの暗い欲望が透けて見える。

三崎塔子《みさきとうこ》という名の上に「ライター」という肩書の付された名刺を千尋に差し出して「あなたの話を聞きたい、できれば本にしたい」と言われた。千尋が無視していると、三崎塔子はなおも食い下がってきた。

「託児所にもいろんな事情を抱えた子がいるでしょうし、民宿に来るお客さんだってそうなんじゃないの？　そういったものを見つめ続けてきたあなた自身の物語に、わたしはとても興味があるの」

どうして子どもの世話をしようと思ったの？

あなた自身が、捨てられた子どもだから？

三崎塔子にぶつけられた言葉がよみがえる。誰に聞いたのだろう。千尋の生い立ちを。誰に。誰に？　考えながら歩いていると、つめたいものが眉間《みけん》に触れた。体温が低いわけではないのに、麦生はいつも指先だけがひんやりしている。

「千尋さん。また、ぎゅんてなってるよ」

眉間に皺《しわ》が寄ることを、麦生は「ぎゅんてなる」と表現する。方言なのか、それとも独自の言い回しなのか、たしかめたことはない。西日本のどこかの生まれだということは知っているが正確な出身地を確認したことがない。

麦生のことはなにも知らない。千尋が大阪にあるベビーシッターサービスの会社に勤めていた頃に出会った。

政子《まさこ》さんのもともとの持病であった腰痛が悪化して、『民宿　えとう』をたたむかもしれないと電話で聞かされた、その月のうちに退職願を出した。麦生に「ついてくる？」と冗談半分に訊いたら、ほんとうについてきてしまった。

すこやかでないものを抱えている男であろう、ということは想像がつく。自分に寄ってくる男はみんなそうだ。

みんな、というほど数が多いわけではないが、とにかく全員が全員、千尋の生い立ちにやたらと興味を示した。「守る」とか「僕だけはずっと君のそばにいる」とか、「君を救いたい」などと言いたがり、その代償のように自分のすこやかでない部分を受け入れてもらいたがる。

「秋だね、千尋さん」

「うん」

来月になれば、この島での暮らしも丸一年になる。麦生がいつまでここにいるのか、千尋にはわからない。とつぜん千尋の世界に現れたように、ある日とつぜんいなくなったとしてもおかしくはない。麦生がいなくなったら、自分はきっと「わかっていた」と言うだろう。言ってみせる、平気な顔で。

きゃあという甲高い声を上げて、子どもたちがこちらに向かってぽてぽて駆けてくる。幼児の手足は短いので全力で走っていても「ぽてぽて」と効果音をつけたくなるような動作になる。

「そんなに走るんじゃないよ」

腰をさすりながら後を追う政子さんの怒鳴り声が松林に響きわたる。隣で麦生がふふっと笑い声をもらした。

第二章　彼女が天使でなくなる日

東の空が白みはじめる時、千尋はいつも小学校の授業中のことを思い出す。先生の話をあまり聞いていない子どもだった。ノートを鉛筆で黒く塗りつぶして、すこしずつ消しゴムをかけて色を薄くするという遊びをよくしていた。それのなにがおもしろかったのかは自分でもよくわからない。だんだんと黒が淡くなっていく、その工程をくりかえし楽しんでいた。

子どもの頃《ころ》、いつも眠かった。給食のあとや体育のあとはとくに。夜あまり眠れない子どもだったから、昼にそのしわ寄せがきていたのかもしれない。

壁にもたれた姿勢で膝《ひざ》を抱え、カーテンの隙間から見える世界がすこしずつ白っぽく変化していくのを見守る。十二月に入ってから、またすこし日の出が遅くなった。

ここに子どもがいる晩は、ずっと起きている。民宿を「兼託児所」にしようと思いついた時に、そう決めた。

布団の上で陽太《ようた》が寝返りを打つ。子どもは体温が高いせいか、おしなべて寝相が悪い。先月二歳になったばかりの陽太はパジャマをたくしあげて、腹をむきだしにしたかっこうで仰向《あおむ》けになっている。かけ直した布団はものの数秒でまたはねのけられてしまう。

音を立てないように注意しながら、畳の上に出しっぱなしになっていた絵本を棚に戻した。鉢かづき姫、浦島太郎、一寸法師、かぐや姫。どれも千尋が子どもの頃からあったものだ。ページの端は白くめくれているし、絵柄は古くさすぎて、一周まわってちょっとおしゃれにすら感じられる。

まだ暗さが残る部屋の中で、陽太がぱっちりと目を開けた。泣きもせず、まばたきを繰り返しながら布団の上をしばらくごろごろしていたが、壁際の千尋に気づいてにじり寄ってきた。

「おはよう、陽太」

陽太は「ん、ん」と短く唸《うな》りながら顔を千尋の胸にこすりつける。半分眠っているような顔をしているくせに「ようちゃんおきた、おきた」としきりにアピールしてくる。

「そうだね。起きた。よく起きた」

朝だ朝だ、ごはんを食べよー。でたらめな歌を歌いながら、洗面台に連れていき、顔を洗わせる。着替えに長い時間を要した。パジャマがわりのTシャツを脱いでは床に落ちたゴミを拾って遊び、そうかと思えばズボンに片足をつっこんで「ちーちゃん見てー」とやり出す。両腕を振り上げてにこにこしている陽太に「それはなにかな?」と訊《たず》ねた。

「カニ」

「そうか。カニか」

多くの者はカニの姿を真似《まね》る時、人差し指と中指を立てるのではないだろうか。陽太は人差し指と親指でもってカニのはさみらしきものをつくっている。二歳児らしく固定観念にとらわれない表現である。

ようやく靴を履かせ、表に出た時には外は完全に明るくなっていた。寒いねえ、と吐いた息が白い。冷たい空気の中、千尋と陽太はハアハアと無駄に息を大きく吐き合う遊びに一分強費やした。子どもと遊ぶ時は全力で、というのが千尋のポリシーだ。子どもはすぐに大人の片手間を見破る。

麦生はもう朝食の準備をはじめているようだ。玄関にまで良い香りが漂《ただよ》っている。月水金はごはんで、その他の曜日はパンの朝食と決まっている。

「だから今日はパンだね」

「ぼくおにぎりすき」

「そうだね。でも今日はパンだよ」

「おにぎりー」

陽太が千尋の腕を摑《つか》んでぶんぶんふりまわす。駄々をこねて泣くかもしれないと思いつつ「そうだね。陽太はおにぎりが好きなんだよね。今日はパンだけどね」と繰り返した。

食堂に入ると、ちょうど麦生がテーブルを拭いているところだった。

「おはよう、千尋さん。陽太」

陽太は麦生に向かって、着替えの際に披露《ひろう》したポーズをしてみせる。おにぎりへの執着からようやく気が逸《そ》れた。

「お、カニだね」

麦生はどんな子どもとも理屈抜きに通じ合ってしまうし、みょうな勘の良さがある。知識だけなら千尋のほうがずっと多いのだが、かなわないと感じることも多い。

先週の宿泊客を送り出したきり、民宿には予約が入っていない。もともと観光地として栄えている島ではないから、とくに珍しいことではない。

先週まで泊まっていたのは六十代の夫婦だった。定年後にあちこち旅行をしているのだという。

「しばらく暇になりそう」

陽太のためにコップに牛乳を注ぎながら麦生に声をかける。

「いいんじゃない、たまには」

「たまにじゃないから問題なんだよ」

麦生には現在、数万円程度の給料しか払っていない。小遣い制の会社員が妻から渡される金額よりすこし多いぐらいの金額、と千尋は思う。

食費も家賃もかからないし、島で暮らしていたらほとんどお金を使わないからそれでじゅうぶんだと麦生は言うのだが、千尋はいつも不当な搾取をしているような疚《やま》しさをおぼえる。

麦生は大阪では、レストランの厨房《ちゅうぼう》で働いていた。本格的に料理の修業をしたかったとか、あるいは今後したいとか、そういうつもりはないのだと言う。それでも料理をしている時の麦生は他のことをしている時よりあきらかに楽しそうだし、こんな客の少ない離島の民宿では腕のふるい甲斐《がい》がなかろうと残念でならない。

パンをトースターに放りこんでいると、玄関の戸が開く音がした。政子さんが来たのだとわかった。

民宿を千尋に譲ったあと、政子さんは隣の自宅の敷地にあった畑を半分つぶして、ちいさなプレハブ小屋を建てた。その小屋を政子さんは「秘密基地」と呼んでいる。島民のほとんどがその小屋の存在を知っている。つまりまったく秘密ではないのだが、気分の問題らしい。スクリーンとスピーカーが設置されていて、棚には政子さんが好きなロックバンドのライブＤＶＤがずらりと並んでいる。

音楽に疎《うと》い千尋にはわからないが、アメリカの人だという。顔を白く、目の周りを黒く塗ったメイクをしている。小屋のそばをとおると、ギターがギュインギュイン唸っていたり、ドラムの音がズンドコズンドコ聞こえてくる。それに合わせて叫んでいる政子さんの声も。

日に数度は民宿の様子を見に来る。民宿に宿泊客がいる時は政子さんが託児所の子どもたちの世話をするし、なんにも用がなくても陽太の顔だけは見たいらしい。

「はい、おはよう」

千尋と麦生と陽太の顔を順繰りに眺《なが》めて朝のあいさつをする政子さんの髪はあざやかなピンク色に染められている。すこし前までは青だった。六十を過ぎたあたりから「これからは自由にやらせてもらうわ」と言い出して、ピアスを開けたり髪を染めたりとはっちゃけはじめた政子さんは御年六十七歳で、千尋と一緒に暮らしていた頃より若々しい。好きなことをしているからだと本人は主張している。

「暇そうだねえ」

わざとらしく、さほど広くもない食堂を見回して、げらげら笑い出した。

「暇そうじゃなくて、暇なの」

「どっちみちあたしにはもう関係のない話だけどね」

楽隠居はいいですなあ、と伸びをする政子さんを無視して千尋は陽太に牛乳を渡す。心の中で「このババア」と罵《ののし》った。政子さんが憎いわけではない。でもたまに心の中でそう呼ぶことにしている。「ババア」という単語はものすごく力強い。今後二百年ぐらいしぶとく生き残りそうなたくましさに溢《あふ》れている。濁音が二回続くからかもしれない。

タイでは生まれた子どもが悪霊に連れ去られないように、へんなあだ名をつけるらしい。以前保育士として働いていた頃、同僚からそんな話を聞いたことがある。政子さんをババアと呼ぶのもそれに似ているのだが、実際に呼ぶとやっぱりただの悪口みたいになってしまうので、心の中でひっそり呼ぶだけにとどめる。

もともと冬は閉めていた民宿だった。政子さんがやっていた頃は五月から九月までの営業で、その他の時期はずっと政子さんは島の水産加工場で働いていた。

千尋は一歳の時、政子さんに引き取られた。死んだ千尋の産みの母が、政子さん曰《いわ》く「遠いけど、いちおう親戚《しんせき》」だったからだ。その他のことはあまり聞かされていない。知っているのは、死因が転落事故だった、ということぐらいだろうか。住んでいたマンションの外階段の手すりから転落したという。階段の踊り場には千尋が乗ったベビーカーが残されたままで、発見した同じマンションの住人が言うには「泣きもせず、じっとしていた」とのことだった。

中学卒業までは千尋も毎日畑仕事を手伝っていた。土は重く、爪《つめ》に入るとなかなかとれなくて往生した。島を取り囲む松林のせいでいまいち日当たりのよくない土地で、それでも千尋と政子さんはトマトやらにんじんやらを育てて暮らした。

中学を卒業した後、政子さんのすすめで島を出た。本土の高校に通うため下宿した家には二歳と三歳の姉妹がいて、彼女たちの面倒を見ている時に「千尋ちゃんは子どもの扱いが上手ね」とよく言われた。それが保育士を目指すきっかけになった。

福岡県内の保育園に二年勤め、そこである先輩にかわいがられた。先輩は大阪に恋人がいた。その恋人と結婚して、ベビーシッターの派遣会社を設立するつもりなのだと教えてくれた。

「千尋も行かない？　一緒に、ベビーシッターやってみない？」

ベビーシッターという仕事よりも、大阪に住むということに興味があった。「大阪」の部分に他の都市の名前を入れても、それは変わらない。知らない場所、知らない仕事。うまくいくかどうかはわからなくても、やってみたかった。大阪行きを相談した時、政子さんは即座に賛成してくれた。

「行っといで。あんたを島にしばりつける気はないからさ」

いろんな世界を見て、いろんなものに触れろ、そのうえで島を選ぶならいつでも戻っておいで、とのことだった。

だから戻ってきた。千尋自身が島を選んだのだ。

四人がけのテーブルに皿が並べられる。野菜のスープとトースト。そこにスクランブルエッグがこんもりとのせられる。ごく薄く切って焼いたトーストがたまごの重さで撓《たわ》む。麦生がつくるスクランブルエッグは口当たりがふわふわしていて、食欲がない朝でもすんなりと口に入る。千尋がその手順を真似てつくっても、ぜったいに同じ食感にならない。

先輩に誘われて行った、大阪での暮らしは悪くなかった。せかせかした土地だからのんびりした島で育った人にはつらいかもねと言われたが、千尋が想像していたよりは皆せかせかなどしていなかった。基本的に人懐《ひとなつ》っこく、喋《しゃべ》るのが好きだった。

特に中年以上の男女の親切さたるや星母島の比ではなかった。道に迷っているとこちらから訊ねる前に「あらま」「どしたん」とわらわら寄ってきて「この道をしゅーっと行ってぎゅーんと曲がって」と教えてくれるし、高確率で飴《あめ》をくれた。先輩は豹《ひょう》や虎《とら》などの顔面がプリントされたTシャツを着ている人が多いと言っていたが、千尋の見立てでは薔薇《ばら》柄のほうが多かった。気候も安定していて、住みやすかった。麦生にも出会えた。

「陽太、もうひとりで食べられるんだろ」

「うん！」

陽太は政子さんの隣に座って、ぎこちなくスプーンを使いはじめる。トーストに齧《かじ》りつくたびパン屑《くず》がぼろぼろとこぼれ落ちて、口のまわりが盛大に汚れた。その様子を眺めている政子さんは無表情のままだが、かわいくてたまらないと思っていることが千尋にはわかる。いくらなんでもかわいすぎるんじゃないのかい？　なんなんだい？　かわいすぎ罪で逮捕されるんじゃないのかい？　ぐらいのことは思っている。政子さんはそういう人だ。そしてそんなふうに小さい存在を無条件で愛してしまうところがこの人の最大の美点でもあり、苦労の元凶だった。

「週末には帰ってくるからね」

誰《だれ》が、とは政子さんは言わない。千尋も麦生も、そして陽太も、ちゃんとわかっている。

「ママ、いつくる？」

「あと三回寝たらだよ」

陽太の母のまつりは、政子さんの孫だ。陽太はだから、政子さんのひ孫にあたる。

政子さんのひとり娘の亜由美《あゆみ》さんは「こんな島大嫌い」と十六歳の時に家出し、以来ずっと行方不明だったという。千尋が引き取られたのは亜由美さんがいなくなった翌年のことだ。

当時着せられていた服も、使っていた茶碗《ちゃわん》やコップもすべて亜由美さんのおさがりだった。ずっと後になって知った。

千尋が七歳の時に、亜由美さんは突然島に戻ってきた。日曜日のことで、千尋はちょうどこの食堂で昼ごはんを食べていた。さきにごはんを食べ終えた政子さんはすでに畑に出た後だった。

昨日の夕飯のお味噌汁《みそしる》と鮭《さけ》フレークをかけたごはん。なぜかつつましいメニューまではっきり記憶している。

「誰、あんた」

千尋を見下ろして問う亜由美さんのお腹《なか》は大きかった。答えずにいると「なんでわたしの茶碗でごはん食べてんのかって訊《き》いてんのよ」と声を大きくした。

声を聞きつけて、政子さんが食堂に戻ってきた。

「亜由美！」

千尋はそこではじめてとつぜん現れてひとりでぷりぷりと怒っている女の人の名を知った。それが政子さんの娘だということも。

亜由美さんのお腹の赤ちゃんのことを巡って、政子さんと亜由美さんは毎日口論をし、怒り、泣き、顔を背け合った。それが千尋の、七歳の頃の日常の風景だった。

父親は誰かと訊いた時に「男なら何人もいるもの、誰だかわかんない」と亜由美さんが答えたことが、政子さんにとってはどうにも許しがたいようだった。自分の人生だもん自分の好きにすりゃいいよ、でもそういうだらしないのはだめだよ、と政子さんが言うのを聞いて、千尋はその時「人にはそれぞれその人だけの善悪の基準というものが存在する」ということを学んだ。

亜由美さんが臨月を迎える頃、島にひとりの男がやってきた。その人は、自分は亜由美さんの恋人だと言った。子どもの父親は自分です、とも主張した。

「亜由美は顔が派手なので誤解されやすい女です。だけどほんとうは純情なんです」などとべたぼれの様子だった。

亜由美さんは顔を真っ赤にして怒り、「たくさんいる男のひとりよ」とかたくなに恋人であることを認めなかった。その頃にはみんな、男の人の言うことのほうが真実なのだと理解していた。亜由美さんはなぜか自身を奔放な女だと周囲に思いこませたがっているけれども、実際に交際をしていたのはその人だけなのだと。

亜由美さんと、その亜由美さんを追って島に移住した男のあれやこれやはロマンスとトピックスに飢えていた島民たちのハートをいたく刺激した、らしい。ひと頃はどこに行ってもその話ばかりだったと政子さんは時折顔をしかめて回想する。よほどあちこちで質問ぜめにあったらしい。

ふたりは結婚し、一時はまるくおさまったかに思われた。

やがて子どもが生まれ、「まつり」と名付けられた。その頃から、なぜか亜由美さんたち夫婦の関係が逆転した。

亜由美さんの夫は政子さんのつてで就職した水産加工場を辞め、昼間から家でごろごろするようになった。亜由美さんはそんな夫に愛想を尽かすどころか、やたらと機嫌を取るようになった。常にべたべたとまとわりつき、夫が診療所の看護師さんやらどこそこの家の若奥さんやらに色目を使ったなどと言っては喧嘩《けんか》をし、ものを投げ合い、皿を何枚も割った。そうしていつしか亜由美さんの目には、夫しかうつらなくなっていった。

日々育っていくまつりすら、足枷《あしかせ》でしかなかったのかもしれない。育児放棄していたとは言わないが、亜由美さんの娘への関心は、夫へのそれに比べて非常に淡かった。

千尋は髪を摑まれて畳の上を引きずりまわされる亜由美さんの姿を目撃したことがある。亜由美さんが夫に華麗な蹴《け》りを入れる現場にも遭遇した。政子さんふうにいうと彼らの生活は「メロドラマ」で、診療所のシロウさんの言葉を借りるならば「情痴のかぎりをつくして」いた。

ひとしきりやりあった後、ふたりはいつも抱き合って泣いた。たがいに「もうこんなことはしない、働こう、家族としてやり直そう」と誓い合うのだが、翌日にはまた同じことになった。

やがて亜由美さんの夫は「この島にいると甘えてしまっていけない、心機一転新しい生活をはじめる」というようなことを言い出した。要するにもういい加減、飽き飽きしていたのだろう。閉鎖的な場所での、繰り返しの毎日に。

そうしてふたりは、ふたりだけで島を出ていった。彼らの考えた「新しい生活」にはまつりは含まれていなかった。

政子さんはひとり育てるのもふたり育てるのも同じだと言って、千尋を預かった時と同じようにまつりの世話をはじめた。千尋は妹ができたようでうれしかったが、まつりはどう思っていたか知らない。

「千尋ちゃんみたいにお母さんが死んでたら、憎まずに済むの？」

そう訊かれたことがある。千尋は答えなかった。どんな言葉もまつりを救わないことを知っていた。

わたしは自分の母親みたいにはならない、と常日頃言っていたまつりは高校在学中に妊娠した。政子さんは「嫌だ、嫌だと思っているとかえって似てしまうのかねえ」と頭を抱えることになった。亜由美さんの時と違って泣かなかった。二度目だったからだろう。人間はどんなことにも慣れる。

「わたしはあの女とは違う」

その頃からまつりは、亜由美さんを「お母さん」ではなく「あの女」と呼ぶようになった。まつりの憎悪が父親ではなく母親である亜由美さんにのみ向かうのは、島のみんなが亜由美さんを知りすぎているせいだろう。成長するにしたがってまつりは「お母さんにそっくりになってきたね」と言われるようになり、それが鬱陶《うっとう》しくてたまらなかったようだ。

「ぜったいに自分の子どもを捨てない」

まつりは痛ましいほどのかたくなさで中絶を拒み、高校を辞めた。

今は島を出て、昔の千尋と同じ下宿生活を送っている。本土のクリーニング工場に勤めながら定時制高校に通い、毎週末島に戻ってきて、陽太との時間を過ごす。

陽太の父親は、当時まつりが交際していた高校の同級生で、須藤《すどう》くんという。

須藤くんは十代の青年らしい生真面目《きまじめ》さで「自分も高校を中退してまつりと子どものために働く」と言ったらしいのだが、須藤くんの両親が「将来のために大学ぐらい出ておかないと」と強硬に反対した。それで、ふたりの結婚は須藤くんの大学卒業を待ってから、ということになった。

「責任は取りますから」

須藤くんの両親は政子さんに向かってそう言った、と聞いている。以来、毎月の養育費を振り込みはするが、一度も島に来たことはない。須藤くん本人もそうだ。責任の定義は人それぞれ違うらしい。

まつりと須藤くんが結婚する将来が、千尋にはどうしても見えない。須藤くんとその両親は、これから徐々にフェイドアウトするようにしてまつりと陽太の世界から消えていく。

養育費はこれからも振り込まれるかもしれないが。なんといっても「責任」があるから。

「千尋さん、コーヒーのおかわりは？」

麦生の声ではっと我に返った。

「いらない」

返事がはっきりしているところがいい、とかつて麦生は、千尋に言った。いらない。行かない。やりたくない。あいまいな物言いをしないところがわかりやすくて好ましいと。

もうちょっとやわらかいものの言いかたができないの、と社会に出てから注意ばかりされていた千尋の言葉遣いは、麦生の前でのみ美点となる。

陽太は朝食を食べ終え（食べ散らかし）、政子さんの膝の上で全身を激しく上下させてはしゃいでいた。

「痛いんだよコラ、やめな」

顔をしかめつつも、政子さんは陽太をけっして膝からおろさない。

カウンターの上の電話が鳴り出して、千尋が反応するよりはやく麦生が手を伸ばして受話器をとった。はい、はい、と愛想よく答えながらメモを取っている。予約の電話が入ったらしい。

あさって泊まりたいのだが、というわりあい性急な電話だった。二人だけど一部屋でいい、親子だから、とこちらから訊きもしないのに説明してきたという。電話を切った後にいつものようにメールで地図を送ったのだが、すぐにまた電話がかかってきて「わかりづらいから港まで迎えにきてほしい」と言われた。

千尋は船着き場に立って、フェリーの到着を待っている。海から吹いてくる風が冷たく、マフラーに鼻先をうずめて背中を丸める。けっしてわかりづらい地図ではないはずなのだが、と思いながらコートのポケットの中の使い捨てカイロを揉《も》みしだいた。

もっとも、こういう客ははじめてではない。地図とか説明書の類《たぐい》が苦手で、目にした時点で脳が理解することを拒否してしまうらしく、どんな内容であろうと読むより他人を頼るほうがはやい、と判断をするタイプだ。

むろん自分が楽な方法を選んで生きていくのは悪いことではないが、などと考えていると背後でぼるんぼるんぶるぶるぶるというすさまじい音が聞こえた。シロウさんの軽トラックがこちらに向かって走ってくる。

「おう千尋」

「こんにちは」

運転席から上半身を乗り出しているせいで、灰色のごま塩頭が日光を受けてきらっと光った。首からかけたタオルには「星母漁協」とプリントされている。浅黒く日焼けした顔といい元気の良さといいどう見ても漁師なのだが、じつは島でただひとりの医師だった。

シロウさんはもともと、この島出身だ。島でいちばん大きな家に生まれ、四男だからシロウと名付けられた。子どもの頃は神童と呼ばれていたという。医大に合格した際には島をあげて三日三晩ぶっつづけでお祝いの宴《うたげ》を開いた、という話は今でも語り草になっている。

かつては大学病院に勤めていたが、性に合わないので辞めたのだという。千尋が物心ついた時にはもう島で診療所をやっていた。

手招きされて、軽トラックに近づいていく。内緒話をするように口の横に手を当てたが、ぼるんぼるんに負けないように声を張り上げるのでまったく意味をなさない。

「昨日、診療所にへんな女が来たぞ」

「へんな女、ですか」

日帰りの観光客が「頭痛がする」と言って診療所に来たという。

「民宿のことと、政子のこと、それからお前についていろいろ訊いてきた」

「なんて人？」

「患者の名前は言えない。三十代ぐらいの女だよ」

ああ、と返した声が自分の予想以上に暗くなってしまう。三崎塔子と名乗るあの女で間違いないだろう。また星母島に来たのか。ライターというのはそんなに暇なのだろうか。気をつけろよ、とシロウさんは眉をひそめるが、なにをどう気をつければいいのか見当もつかない。言ってからシロウさんもそう感じたのだろうか、口調をがらりと変えた。

「そうだ、あとで魚を持っていくよ」

「そうですか。たすかります」

シロウさんの診療所には、よく魚やら酒が届けられる。場合によってはそれらが治療費の代わりになることもあり、量が多い時はそれらを『民宿　えとう』におすそわけしてくれる。

シロウさんと死んだ政子さんの夫とは幼馴染《おさななじみ》だった。政子さんの夫は島の漁師の家に生まれたが「船にはのせられないほど病弱」だったそうで、政子さんと結婚したはいいが生まれた娘を一度も抱くことなく、亡くなったという。

「俺《おれ》はよう」

シロウさんは酔うと、かならず泣く。俺はよう、あいつに頼まれたんだよ、あいつ死ぬ間際に俺の手握って「政子を頼む」ってそればっかり繰り返してよう、と畳に伏す。幼馴染の話になるとシロウさんは過剰にエモーショナルになるので、いつも詳細が聞けない。

爆音を響かせて軽トラックが走り去る。千尋は島の中でも外でも、あんな爆音を響かせる軽トラックを見たことがない。なにか重大な欠陥があるのではないかと心配になるのだが、もう何年もたいした事故もなく走っている。買い替えるお金がないのだろうか。やはり魚で診察を引き受けるからいけないのではないのか。そもそもなぜ軽トラなのか。疑問は尽きない。

リズミカルなエンジンの音とともに、フェリーが近づいてくる。千尋はポケットから手を出して、出迎えにそなえた。

へんな匂《にお》いがするのね。それが、フェリーからおりてきた客の第一声だった。あいさつもなしにむっつりとそう言い放った。

電話で聞いたのは伊岡《いおか》という名字のみだった。仮に伊岡（母）とする。

一泊二日の旅行だと聞いていたが、がらがらと音を立ててひっぱってきたスーツケースはすこぶる大きい。そして重い。千尋が民宿の人間であると知るや、「荷物を持ちましょうか」とこちらから申し出る前にスーツケースを押しつけてきた。

「海の香りだよね、島に来たって感じがするね」

あわてたように伊岡（娘）が母を振り返る。海の匂いはすなわちプランクトンの死骸《しがい》の匂いなのだが、それを今言うべきではないことぐらいは千尋にもわかる。

どこそこ島に行った時はこんな匂いはしなかったけどね、と顔をしかめる伊岡（母）の靴のヒールが舗装されていない道の土にめりこむ。ツーピースのボタンは金色のふちどりがあり、歩くたび日光を反射して千尋の目を射る。

伊岡（娘）のほうはというと婚約者の家にあいさつにいくようなお上品なワンピースを着て、重そうな革のバッグを抱えている。なにを着てこようが個人の自由なのだが、「自然がいっぱい」というよりは木も草も野放図に生えた、道も舗装されていない島の風景の中にいる伊岡母《おや》娘《こ》は雑なコラージュ写真のようだった。

民宿までの道すがら、伊岡（母）はフェリーが揺れたの、乗船料のシステムがわかりにくいのと文句を言い続ける。星母島行きのフェリーはあらかじめ切符を買うのではなく船内で支払いをすることになっている。それが伊岡（母）の不興を買ったらしかった。

「あの、あれはなんですか」

はあ、はあ、と鈍い反応しか返さない千尋に気を遣っているのか、伊岡（娘）が指さす先で白いものが揺れている。

「イカです。一夜干しにするために、あそこに干します」

「洗濯ものみたい」

ピンチの先にイカが干されている光景が、伊岡（娘）にはひどくめずらしいものらしい。一夜干しを食べたことがないとも言う。大きな瞳《ひとみ》が好奇心にくるくると動いて、小動物を思わせる。

「するめとは違うんですか？」

「そうですね。もっとやわらかい食感ですが、生のイカを焼いて食べるのとはまた違ううまみがあります」

「食べてみたいな」

伊岡（娘）が声を弾ませる。その言葉にかぶせるようにして「でもなんだか不衛生ね」と伊岡（母）が顔をしかめた。

「ここ、車なんかも通るんでしょう？　埃《ほこり》をたくさんかぶっていそうね」

伊岡（娘）の表情にさっと影がさした。風船が萎《しぼ》むように元気がなくなっていく様子を、千尋はさりげなく横目で窺《うかが》う。

「ねえ、母子岩ってどこにあるの。後で案内してちょうだい」

娘の変化には頓着《とんちゃく》せぬ様子で伊岡（母）は喋り続ける。

「じゃあ荷物を置いてすぐに行ったほうがいいかもしれないですね。日が沈む前に」

「あら、休憩する時間もないわけね」

皮肉たっぷりに唇《くちびる》を曲げられても、日没の時間は千尋の力でどうこうできるものではない。目が合うと、伊岡（娘）がすまなそうに肩をすくめた。


母子岩に向かうあいだも、伊岡（母）の喋りは止《や》まない。

「さっきお部屋に案内してくれた男性は、あなたのご主人？」

「いえ、違います」

「そうなの？　ずいぶん若い夫婦で経営しているんだと思って驚いたんだけど、違うの？　あのかた、ご主人じゃないの？」

違うと言っているのに、なおも確認してくる。

「違いますから」

仮に結婚するようなことになったとしても、麦生には「ご主人」という呼びかたは似合わない。麦生はただの麦生だ。

「じゃあお子さんもいらっしゃらないのね。そりゃあそうよね、だって独身だもの」

結婚はしていないが子どもはいる、というケースはいくらでもある。ごく近くにも存在している。それでも千尋が現在独身で子どもがいないことは事実なので「はい、いません」と答えるしかない。

「それならはやく自分の子どもが欲しいでしょうね」

欲しいですか？　ではない。欲しいでしょうね、だ。おそれいった。ベビーシッターをやっていたという経歴から「子ども好きなのね」と決めつけられることは多いが、欲しいでしょうね、はさすがにはじめてだ。

「いえ、べつに」

「でもま、まずはゴールインが先よね」

伊岡（母）はちっとも千尋の話を聞いていない。中年女性にありがちなことだが、彼女のそれは度を越している。

「結婚をゴールインと表現するの、すごく古めかしいですね」

「えっ？」

「みんなが同じゴールを目指さなければならなかった時代の産物という感じがします。婚姻は個人の自由です」

「……まあ、まだお若いものね。失礼ですけどおいくつ？」

べつに失礼ではないが二十七歳であると答えると「あらちょうどひとまわり年下じゃないの、愛花《あいか》ちゃん」と娘を振り返った。ということは、三十九歳なのか。とてもそうは見えないが。

「二十歳《はたち》ぐらいのお嬢さんかと思いました」

「あら、お世辞が上手だこと」

お世辞ではない。二十歳の人間が三十九歳の人間より上等なわけではないし、従順な態度で母親に寄り添って歩く姿が右も左もわからぬ子どものようであるという感想を婉曲《えんきょく》に表現しただけである。

「若く見えるかもしれないけど、この子はもう結婚だってしてるのよ」

たしかに宿帳に書かれた名前は伊岡幸恵《さちえ》・長田《ながた》愛花、だった。なるほどすでに結婚している娘と母親ならば、名字が違うことにも納得がいく。

「仲が良いんですね。母娘で旅行なんて」

なにげなく放った言葉は、想像以上に伊岡幸恵の機嫌を良くした。ええそう、そうなのよおほほ、と口元に手を当てて笑い出す。実際に「おほほ」と笑う人間を、千尋は生まれてはじめて見た。

「この子はわたしの天使なの。生まれてきた瞬間から、今までずっとね」

そこからはもう止まらなかった。立て板に水のごとくとはこのことだった。曰く、愛花は子どもの頃身体《からだ》が弱くて、一歳になるかならないかのうちに命にかかわる病気にかかり、自分は毎晩「わたしの命と引き換えにこの子をお救いください」と祈った（「母親ですもの、当然よ」）。曰く、愛花にはいつも最高のものを与えてきた。ごく小さいうちから「ほんものの」芸術に触れさせた。厳選された食材を使って、三度の食事はもちろんおやつまで手作りした。ファストフードやインスタント食品など一度も与えたことがない。お受験も「母娘二人三脚で」とりくみ、見事合格を勝ちとった。もっとも娘は勉強・お稽古《けいこ》・その他諸々なにをやらせても人並み以上の水準に達してしまう優等生だったのでたいした苦労はしなかった（「わたしもやっぱりそういうタイプだったの、昔ね。わからないとかできないってことがわからないっていうね、おほほ」）。

曰く、愛花の結婚相手は伊岡幸恵の友人（「ほらわたしってけっこう顔が広かったりするから」）から紹介された相手（「だって考えてもごらんなさいよ、どこの馬の骨ともわからない人に大事に育てた娘をあげられると思う？」）である。

とにかく伊岡幸恵は娘は自分が考えうる限りの最高の一点の曇りなき人生を歩んでおり、その道筋をととのえたのは自分である、と主張したいのだった。

たしか千尋は「仲が良いんですね」と言ったはずだった。それがどうしてこのような話を聞かせられるはめになったのか、さっぱりわからないまま松林を歩き続ける。なにかの罰のようにすら感じる。罰。いったいこのわたくしめがどんな罪をおかしたというのですか？

この鬱蒼《うつそう》と茂った松林を不気味がり、「まだですか?」「まだ着かないんですか?」と何度も訊く客も少なくないのだが、上機嫌の伊岡幸恵は自分がどこを歩いているのかすら気にしていない様子だった。

松林が途切れて、視界が開ける。すでに陽《ひ》が傾きはじめており、西の空には茜《あかね》色と水色の層ができていた。

「あれが、母子岩」

微笑《ほほえ》んでいるようにも泣いているようにもみえるふしぎな表情で母親の話を聞いていた天使こと愛花が、ようやく口を開いた。駆けるようにして近づいていって、両手を合わせる。

頭《こうべ》を垂れた姿勢で、ずいぶん長いこと祈っている。間近でその様子を眺めることがなにかとても無礼な行為に思えて、千尋はゆっくりとその場を離れた。

母子岩に祈ると子どもを授かるなどという与太話を、千尋はまるきり信じていない。けれども「自分の子どもが欲しい」という願いはおしなべて切実で、尊重されるべきものだとも思っている。

願うだけでは、なにも果たされないけれども。大切なのは願いを自覚した人間がどのように行動するかということだ。そのきっかけになるのならば、わざわざこの島まで来て願うことにもおおいに意味があるのかもしれない。愛花の真摯《しんし》な姿を目にして、千尋はそのことに気がついた。

西の空が暗さを増した。海は黒いレースをかぶせたような暗い色に変化しつつあったが、愛花はまだ祈ることをやめない。

「結婚してもう十三年なのに、まだ子どもができないの」

だからあの子、必死なの。いつのまにか隣に立っていた伊岡幸恵がため息をつく。

十三年。妊娠を望んでいる者にとってははてしなく長い時間だっただろう。どう答えても軽薄に過ぎる気がして、頭を垂れた愛花を見つめる。

「わたしもね、できる限りのことは娘にしてあげるつもり。だっていつだって、そうしてきたもの」

「なるほど」

「あの子がこれからも完璧《かんぺき》な人生を歩み続けるためには、なんとしても子どもを産ませてあげなくちゃ。だって結婚した意味がないものね」

「はい?」

さっきまでは伊岡幸恵の話についていけているつもりだったのだが、唐突に投げこまれた暴言に、話の筋道を見失った。意味がない? なにどういうこと?

「結婚した意味がない、とはどういう意味ですか」

「だってそりゃあそうよ」

結婚することと子どもを産むことはセットである、となんの疑いもなく信じているらしい。

「でもあの、あらかじめ子どもを持たないことを前提として結婚する人だっていますよね」

あーあーあー。伊岡幸恵が大きく頷《うなず》く。ダブル・インカム・ノー・キッズってやつね。中点がわりに侮蔑《ぶべつ》を打ちこむような口調だった。

「もちろんそうね、でも子どもを産むって、とってもとっても素晴らしいことだから、あの子にもそれを経験させてあげたい。最高の幸せをあの子に教えてあげたいのよ。だからこん……ここにもついて来てあげたの」

こんなところ、と言いかけて慌てて訂正する程度の分別は持ち合わせているらしい。

「それは、伊岡さんの口癖《くちぐせ》なんですか？」

「え？」

「さっきからずっと『何々させてあげたい』『してあげた』と言ってます」

「あら、そう？」

伊岡幸恵が口元に手を当てる。

「でも母親って、そういうものよ。あなたのお母さまだってそうでしょう？」

「知りません。死んだので」

あらそれは失礼、と目を逸らされる。ようやく静かになったので千尋はほっとしたが、伊岡幸恵のほうは沈黙に耐えきれなくなったらしく、とつぜん「愛花！」と娘を呼ばわる。

「もういいでしょう？　戻るわよ！」

「もうすこし、待って」

か細い声ながらもきっぱりとした口調で言って、愛花はかぶりを振る。

「冷えてきたし、ママはもう部屋で休みたいの」

「先に戻ってて」

「愛花」

「いいから、戻っててほしいの」

「愛花」

ねえ、愛花。伊岡幸恵が娘を呼ぶ声はだんだんと低くなる。

つけもの石。まのぬけた比喩《ひゆ》が千尋の脳裏を掠《かす》める。なにかを押さえつけるためにのせる、あの大きくて重たい石のような声。

「じゃあ、先に戻りましょう」

民宿まではまっすぐな松林を抜けるだけだし、道に迷うこともないのだが、伊岡幸恵はむっとした顔で首を振る。

「わたしはひとりで帰る。あなた、あの子についててあげてちょうだい。方向音痴だし、この旅だってひとりで行かせるのは心配だからわたしついてきてあげたの。ひとりじゃなんにもできない子なのよ」

大きな声で言って、ずんずん歩いていく。すこし離れたところに立っている愛花に聞こえるようにわざわざ声を張り上げたのだとすぐにわかった。

　母がすみません、と帰り道で、愛花が言う。

「いつもあんな感じなんですか」

　曖昧《あいまい》な千尋の質問に、愛花もまた曖昧に「まあ……」などと答える。

「でも母が誰よりも真剣にわたしの幸せを願ってくれていることはほんとうのことです。感謝しなきゃだめですよね」

「感謝しなければならない、ということはないと思いますが」

「だけどこんなふうに言ったら、また怒られちゃうかな」

　愛花が小石を蹴るような動作をする。暗がりとはいえ、間近で見ても自分よりひとまわり年上の女には見えなかった。若く見えてうらやましい、というようなことではなく、なにか重大な過失により年齢を取りそこねたような不安定な印象を受ける。

「怒られるんですか？」

「親にならなければ、ほんとうの親の気持ちはわからないものなんですって」

　あの世代の人間が言いそうなことですね、と受け流すこともできるが、千尋はそうしない。

「なにかの経験をした人が、その経験がない人に『あなたにはわたしの気持ちがわからない』と言う行為、わたしは嫌いです」

千尋が言ったことの意味が愛花にはわかりかねるようで、ふしぎそうにまばたきを繰り返している。その反応もまたひどく子どもじみている。

「だって同じ経験をしても、見えるもの感じるものは違うはずですから。どんな経験があろうとなかろうと、そもそも自分以外の人間の気持ちなんかわかりません」

ぱちぱち。ぱちぱち。そんな音がしそうなほど、まばたきが何度も繰り返される。

「……すごい」

「なにがすごいんですか」

「えっと、そんなふうに普段からいろんなことを考えて発言できるのがすごい、です」

民宿の前についた。玄関の照明は明るくて、千尋の顔を覗《のぞ》きこむ愛花の目が輝いているのが見てとれた。「すごい」は、どうも純度百パーセントの感心から発されたものらしい。

「すごくはないと思いますけど」

そっけなく答えて、千尋は戸をいきおいよく開ける。出迎えた先生が「あれ、お母さんは？一緒じゃないの？」と首を傾《かし》げた。

「さきに帰ったはずだけど」

「まだ帰ってきてないよ」

「散歩でもしてるのかね」

たしか「冷えてきたし休みたい」と言っていたはずだが、気が変わったのかもしれない。

夕飯は七時にと愛花に伝えて、彼女がひとりで部屋に戻っていくのを見届ける。醤油《しょうゆ》とみりんの混じった香りが廊下《ろうか》に充満している。シロウさんがさっそく届けてくれた魚を煮付けにしたという。

今夜は陽太も母屋のほうで寝る。政子さんは四六時中は無理だと言いつつも、可能な限り陽太の世話をしてくれる。千尋の負担を軽くしようとしているのか、単に陽太の世話を焼きたいのか。あんがい「どっちも」というのが本音なのかもしれない。

「千尋さんもひさしぶりにゆっくり眠れるんじゃない？」

「まあね」

子どもの頃、よく明けがたに目が覚めた。こわい夢ばかり見た。

政子さんは暗いうちに起き出して家を出て仕事に行くから、その時間の千尋はいつもひとりきりだった。

ふたたび眠りにつくこともできず、真っ暗な天井を睨《にら》みながら過ごす時間は永遠のように感じられた。子どもの頃はこわいものがいっぱいあった。おばけも蜘蛛《くも》も蛇も地震も火事も強盗もぜんぶこわかった。

いちばんこわかったのは、自分のそばから政子さんがいなくなることだった。政子さんがいなくなったらどうしよう。どうしよう、と思うたびにこわさが膨れ上がって、千尋の前に立ちはだかった。

お前は島のみんなの子どもだ、と言う外田さんやシロウさんのような人もいれば、わざわざ寄ってきて「お前は父親に捨てられた子どもなんだよ」と教えにくる人もいた。

モライゴ、と呼ばれていた。貰《もら》い子という字を当てられなかったおさない千尋は、モライゴと聞くたびなぜか猿を連想した。わたしは猿の子どもなのだろうか、とそんなはずないと思いつつも漠然とした恐怖があった。

誰かがそばにいてくれたらいい。眠っている自分を黙って見守っていてくれたら、どんなにいいだろう。こわい夢を見て飛び起きた自分の頭をやさしく撫《な》でてくれる人がいたら、どんなに。

「夜、ちょっとだけ飲みたいな」

託児所に子どもがいる夜は、千尋はぜったいに飲酒をしない。麦生もそれを知っていて、ぜったいに勧めない。

「飲めばいいよ。ひとりで」

「ひとりで飲んだってつまらないよ。千尋さんと飲みたいんだよ」

じゃあ後でね。そう言い残して、麦生は台所に入っていく。千尋は洗面所で入念に手を洗った。

七時半を過ぎても、伊岡幸恵は民宿に戻ってこなかった。愛花が言うには、携帯電話にかけても出ないのだという。さすがにおかしい。

「どこかで倒れているのかもしれません」

わたし、捜してきます。半泣きで靴を履いている愛花をなんとか押しとどめる。

「一緒に行きます」

散歩を楽しむには島の夜は寒すぎるし、暗すぎる。この時間なら『スナック　ニュースター』が開いているだろうが、伊岡幸恵がそこに行くとは思えない。

松林を往復しながら、愛花に電話をかけてもらう。携帯電話の呼び出し音が聞こえてくるのではないかと思ったが、徒労に終わった。

「さっき倒れているかも、って言いましたよね。持病がおありなんでしょうか」

「いいえ。でも、わたしがお母さんに反抗したから」

本格的に泣き出した愛花の言葉の意味を捉えかねて、千尋はしばらく黙っていた。反抗。反抗とは、いったいなんのことなのか。

「先に戻って、って。お母さんが戻りたいって言ってたのに」

以前にも一度似たことがあったのだという。結婚披露宴の打ち合わせの際に料理のランクを巡って意見が分かれ、ふいにいなくなったと思ったら結婚式場のロビーで倒れていたのだという。

その際「あなたのせいでママは具合が悪くなったのよ」と伊岡幸恵は娘を責めたのだそうだ。

「愛花さん、それは……」

そもそもどうして結婚披露宴の打ち合わせに母親が同行していたのか。伊岡幸恵の一人称は常に「ママ」なのか。言いたいことが後から後から溢れてくる。料理のランク程度の問題でいちいち卒倒するのか。中世ヨーロッパの貴婦人か。古典文学にはしょっちゅう卒倒する女の人が出てくる。当時の女性はコルセットでぎゅうぎゅうに胴を締めつけていたからだそうだ。伊岡幸恵もそんなコルセット族の一員なのだろうか。

「あなたのせいで、ってそんなこと言われて、それ信じたんですか」

こくりと頷く愛花をぼうぜんと見つめていると、千尋のスマートフォンが振動した。麦生からの「伊岡さん、戻ってきたよ」という連絡だった。


伊岡幸恵を民宿まで送り届けたのはシロウさんだった。見かけない人が港に立っていたから声をかけたところ、顔色がすぐれなかったので宿を聞き、軽トラックに乗せて連れてきたという。千尋たちが戻ってきた時にはすでに爆音を響かせて去った後だった。

たしかに顔色は良くないが、怪我《けが》等もなくぶじに戻ってきたことにほっとした。

「ママ、ごめんね。ごめんね。だいじょうぶ？」

泣きそうな顔で母親の背中をさする愛花の頬《ほお》をはたいてやりたい衝動に駆られた。自分でも驚くほどの強い感情だったが、もちろんそんなことができるはずもなく、押さえつけるように自分の両手を組み合わせる。

すっかり冷えちゃったわ。伊岡幸恵の口からようやく発せられたひと言に、愛花が弾《はじ》かれたように反応する。

「なにか温かい飲みもの、お願いできますか」

なるほど天使だ。千尋はしみじみと理解する。天使、という言葉を、千尋は「愛らしく清らかな存在」という意味で使ったことがない。

神は絶対であり、その神に仕える天使は善であり、対抗しうる力を持つ者は悪とされる。だからこそ愛花は、あの母親にとっての天使なのだろう。

「お茶淹《い》れますね」

麦生が台所に入っていく。まだ背中をさすっている愛花の指がかじかんで赤くなっているのを、千尋は黙ったまま見ていた。


伊岡幸恵と愛花は翌日になるとなにごともなかったようににこやかにふるまい、千尋を当惑させた。朝いちばんのフェリーで本土に戻り、城跡などを観光してから帰るという。それはいいですね、と相槌《あいづち》を打つ頰がひきつった。

スーツケースが重いので、と遠回しに「港まで送ってほしい」と頼まれ、千尋は母娘とともに外に出る。空はどんよりと曇っていて、今のうちに海を渡るのは賢明な判断だと思われる。

ひとりで行くつもりだったが、麦生もついてきた。なにごとかを警戒しているように、千尋にぴったりと視線を当てたまま後ろを歩いてくる。

風が吹いて、干してあるイカが揺れた。愛花があれを食べる機会は、もしかしたらこの先一生ないかもしれない。

「お世話になりました」

フェリーに乗りこむ寸前、愛花が千尋に向かって頭を下げる。スーツケースを受け取った伊岡幸恵はなにも言わずにすたすたと船に入っていってしまった。

「あの人たち、変だよ」

後ろ姿を見ながら、そう呟《つぶや》かずにはいられなかった。

「うん、変だね」

麦生は前を向いたまま頷く。

「変だけど、それがあの人たちの人生なんだよ」

「そうだけど」

「お灸《きゆう》をすえてやるんです」

ふいに、麦生がわけのわからないことを言い出した。

「なに？」

「シロウさんが声をかけた時にね、あのお母さんがそう言ったんだって」

腕の皮膚がぷつぷつと粟立《あわだ》つ。ふいにこちらを振り返った愛花には表情というものがまるでなく、なにを思っているかはまったく読み取れない。

「愛花さん」

目があった瞬間、叫んでしまう。考えるより先に声が、迸《ほとばし》るようにして出てしまった。

「天使のままでいいんですか?」

愛花の顔が一瞬、苦痛に耐えるように歪《ゆが》む。唇が動くのが見えたが、声は聞き取れなかった。

伊岡幸恵が娘の肩を抱くようにして船の中に押しこみ、姿が見えなくなる。たぶんもうこの先も、彼女がなんと言ったか千尋が知る機会はない。

「よけいなこと言っちゃったかな」

「うん。言っちゃったよ。千尋さん、お客さんの事情にいちいち首をつっこんでたらきりがない、って前に自分で言ってなかった?」

麦生は安易なぐさめの言葉を口にしない。千尋もまた望まないが、それでもすこしのばつの悪さは生じる。

「どんなにがんばっても、行きずりの他人の人生を変えることはできないよ。千尋さん」

エンジン音を響かせて、フェリーが遠ざかっていく。

先に戻ってて、とあの時愛花は自分の母親に向かって言った。あれがあの人の、精いっぱいの「反抗」だったのだ。本人にとっては必死で踏み出した一歩だったのだろうが、なにも変わらなかった。

「だいじょうぶだよ、千尋さん」

島に来てから麦生はずいぶん日焼けしたように思っていたのに、もう肌が白さを取り戻している。髪といい、瞳といい、色素が薄いのだろう。その薄い色の瞳が、千尋をまっすぐに見据える。

「はじめの一歩を踏み出せた人は、次の一歩も踏み出せるよ」

「そうかな」

「そうだよ」

次がいつになるかはわかんないけどね、何十年も先かも、となんでもないことのように笑う麦生をたのもしいと思う。すこしこわいとも思う。必要以上の前向きさを、同情するという行為を、麦生は自分にも他人にもけっして許さない。

彼女が天使でなくなる日は、いつ来るだろう。

強い風が吹いて、千尋の問いを海に吹き飛ばす。答えが戻ってくるはずもない。

第三章　誰も信頼してはならない

ほんのすこし目を閉じているだけのつもりだったのにいつのまにか眠ってしまったらしかった。麦生が「外でのんびりする時にいいでしょ」と買って来たアウトドア用のリクライニングチェアの座り心地もよかった。いつのまにかかけられていたブランケットを顎《あご》の下まで引き寄せる。

眠気と酔いの名残りでぼんやりしている視界で、白いものが散っている。雪かと思ったそれは膝《ひざ》に落ちるとうすいピンク色に縁取られていて、自分が花見をしている最中であったことをようやく思い出した。

雪の日の夢を見ていた。この島ではまれに雪は降っても、めったに積もることがない。にもかかわらず千尋は、深く降り積もった雪を踏む足音を知っている。白く覆い隠された風景も。知っているような気がする、だけかもしれない。

一昨日、麦生が突然「お花見しよう」と言い出した。ちょうどまつりが帰ってくるから、政子さんたちも誘おうということになり、人数が増えた。

託児所で預かっていたふたりの子どもも一緒に連れてきた。四歳の梨花《りか》と、一歳半の優羽《ゆう》だ。梨花の両親は去年離婚し、島で漁師をしている父親が引き取ったので、仕事中はこうして託児所で預かることになっている。

優羽は母親が本土の病院に入院中なので、このところ頻繁にここに来る。母親は千尋と一学年違いの顔見知りで、千尋ちゃんたちがいてくれてほんとに助かったわあと電話で様子を報告するたびに言うのが常だった。

島の子どものほとんどは島内の保育園に通っている。梨花もそうだ。千尋たちが子どもたちを預かるのは夕方から朝にかけての時間や今日のような土日に限る。いわゆる「事情のある」子どもたちということになるのだろうが、当人たちはそんなことはものともせず、元気に駆け回っている。

麦生と政子さんが、つかず離れずの距離を保って彼らを見守っているので、千尋はこうやって居眠りすることができる。

島の桜ははやく咲いて、はやく散る。どこかの黒い猫が目の前を横切っていく。ねこちゃん、と陽太が叫び、その声を聞くやいなや猫は早足で去っていった。

「あれ、千尋ちゃん起きたの？」

近づいてくるまつりの頬はふっくりと白い。母親になったとはいえまだまだ子どもの年齢に近いのだよなといつも思うことをまた思う。亜由美さんのお腹《なか》にいた頃《ころ》から知っているせいか、いつまでも「まだまだ」という目で見てしまう。

「その毛布、麦くんがかけてあげてたよ」

ひざ掛けと呼ぶにはすこし大きくてぶあついこのブランケットは、リクライニングチェアとともに麦生が買ってきたもののひとつだった。

麦生はこのあいだ「知り合いと会う」という理由で一週間ほど島を離れた。その時にいろいろ買い物をしたらしい。

「行ってくるね」

フェリーから笑顔で手を振る麦生を見送りながら、千尋は「麦生は、もう帰ってこないかもしれない」と思っていた。もしほんとうにそうなっても泣かないように、自分に言い聞かせるように、何度も何度もそう思い続けた。

「あんたのお父さんはね、あんたを捨てたんだよ。政子さんに拾ってもらえなきゃ、死んでたかもね」

千尋の前でそう言った人の口調はからりとしていて、悪意は感じられなかった。ここからずっと遠い、北の街で生まれたらしい。おそらくすこぶる凡庸な夫婦の、凡庸な第一子として、一歳まで育った。

母の葬儀を終えた後、父親は一歳の千尋をマンションに置き去りにしてどこかに消えたという。何日も放置され衰弱して倒れていた千尋を、四十九日の打ち合わせのために訪ねてきた母方の親戚《しんせき》たちが発見した。どれだけチャイムを鳴らしても返事がないので、親子心中でもしているのではないかとドアを壊して入った。

その中に政子さんもいた。千尋を見つけた時の状況について、政子さんはこれまで一度も詳しく語ったことがない。シロウさんにも、友人である『スナック　ニュースター』のママにもだ。語れないほどの悲惨な状況であったのだと、だから周囲の人は勝手に想像した。

旦那《だんな》さんは仕事が忙しいのか、ほとんど姿を見たことがありませんでした、と母の事故現場および階段の踊り場に取り残されていた千尋のベビーカーを発見したマンションの住人が証言した。三人でいるところは一度も見たことがありません。赤ちゃんの泣き声が昼も夜もひっきりなしに聞こえてきて、いいえ、気むずかしい赤ちゃんはいますからね、それはおかしなことじゃないんですけど奥さんはいつもげっそりした顔をしてましたね、ひとりで育てるってそういうことよ。疲れが溜《た》まってたんでしょうね、近くに親でもいれば違ったんでしょうけど奥さんははやくにご両親を亡くしてらっしゃるって話だったから。自殺？　いえそんなことはないと思いますよ。政子さんからのまた聞きなのだが、おおよそそんな内容だったとのことだった。

どさっという音を立てて、まつりが隣のリクライニングチェアに腰をおろす。もともと長かった睫毛《まつげ》がマスカラを塗り重ねられて、目を伏せるたびに風がおこりそうだ。

「麦くんってやさしいよね。ぜったいいいお父さんになる」

このお弁当だって麦くんが用意してくれたんでしょう、とレジャーシートの上の保存容器を見下ろす。おにぎりと卵焼きと鶏《とり》の照り焼きと塩ゆでのブロッコリーという素朴なものだったが、まつりはおいしいおいしいとよく食べた。料理できる男の人ってポイント高いよねと何度も何度も、もうよいではないかと思うほど何度も繰り返し言って、しまいには政子さんに「何回も同じこと言うのは年寄りだけでじゅうぶんなんだよ、うるさいね」と叱《しか》られていた。

「いいなあ、千尋ちゃんは」

椅子《いす》に座って膝を抱えるまつりの視線の先で、麦生は陽太を抱き上げていた。

麦生はたしかにやさしい。そのやさしさをあたりまえに享受しないようにと、千尋はいつも気をつける。いつか自分のそばからいなくなるかもしれない、という意味では誰《だれ》もかれも一緒で、だから執着してはいけない。慣れてはいけない。いなくなる可能性はある。父がそうであったように。

「何日か留守にするね。知り合いに会うから」

そう言って島を出る麦生に、千尋は訊《き》かなかった。誰に会うの。いつ戻るの。一週間後に戻ってきた時にも、やっぱり聞けなかった。

「あいつとは大違い」

気がつくと、まつりの眉間《みけん》にぎゅっと皺《しわ》が寄せられていた。あいつ、とは陽太の父親のことだろう。「須藤くん」という名を思い出すのに数秒かかった。

「最近、会ってるの？」

千尋の問いをまつりは憂鬱《ゆううつ》そうに片肘《かたひじ》をついたポーズで無視した。「ていうか、麦くんとどこで知り合ったの？」と違う質問を投げることで、答えたくない意思を明確に示してくる。

「前に言わなかったっけ。大阪で働いてた時にだよ」

「うん、それは聞いたけど。どういうふうに知り合ったのかなって」

同僚に連れて行かれた店で働いていた。ひとことで言うとそうなる。

「店員がみんなイケメンか美人」とのふれこみで連れて行かれたレストランはオープンキッチンになっていて、たしかに性別を問わず容姿の優れた店員がそろっていた。

かわいかったり、涼やかだったり、りりしかったりする中で、麦生だけがひとことで形容しがたい雰囲気を纏《まと》っていた。

「あの子ええよな」

同僚が千尋の耳元で囁《ささや》いたが、いつもうまく返事ができなかった。

とっつきにくそうで親しみやすくもあり、ほがらかなようで陰鬱な様子でもあり、相反するものをいくつも抱えていそうな、そういう男がフライパンをふるったり、ものすごいスピードでくだものの皮を剝《む》いたりするのを眺《なが》めている時間は、「ええよな」などというシンプルな言葉では表現できなかった。

それでも千尋にとっては、たまに行く飲食店の店員でしかなかった。だから夜中にコンビニで「千尋さんですよね」と声をかけられた時にはものすごく驚いた。

麦生はその時大きなバッグを抱えていて、同居人の部屋を追い出されたばかりなのだと困った顔で笑っていた。冗談みたいに「千尋さんの家に行ってもいいですか」と訊かれて、「いいよ」と答えると、子どもみたいに喜んだ。

その屈託のなさに、おそらく女の部屋に世話になることに慣れている男なのだなと思った。麦生を追い出したという「同居人」も女だろうと。俗に言うヒモ的なやつかな、と想像していたので、月末に麦生が「あ、これ」と家賃の折半にしてはすこし多い金を渡してきた時にはかえって驚いた。

「なにこれ」

「なにって、生活費だけど?」

それから半年ばかりいっしょに住んだ。麦生の店が閉店になり、同じタイミングで政子さんから連絡を受けた。あとはまつりも知っているとおりだと教えてやると、まつりは「ふうん」と鼻を鳴らした。

「いいよね、でも、ほんとに。あんな彼氏がいるって自慢でしょ」

「自慢ではないね」

誰とつきあっていようと、それは他人に自慢をするようなことではない。交際相手は自分の所有物ではないからだ。「余裕だね」と笑うまつりは、なにか重大な勘違いをしている。

「陽太の父親が、麦くんだったらよかったのに」

千尋から見ればまだ子どもであるまつりは、だから自分が口にした言葉のあやうさに気づいていないのかもしれない。それをほかならぬ千尋に告げることの意味にも。

「麦くん」

椅子を飛び降りたまつりが麦生のもとに走っていく。まとわりつくように麦生の腕に自分の腕をからませ、千尋のほうをちらりと見てかすかに笑った。

「余裕とかそういうんじゃないから」

ようやくそう言えたが、まつりにはきっと聞こえないだろう。ポケットの中でスマートフォンが振動する。留守中に民宿にかかってきた電話が転送されるしくみになっていて、出てみると田所理津子だった。

島を訪れた時には全体的にぐったりしていた彼女だが、電話越しに聞く声は元気やら自分への自信やらに満ち溢《あふ》れているように聞こえる。弱っていることを周囲にわかってもらいづらいタイプの人、という印象は電話の声を聞いて確信に変わる。

職場の人間に星母島の話をしたらえらく興味をもったので『民宿　えとう』を紹介してもいいか、という確認の電話だった。

わざわざ千尋の了解をとろうとする生真面目《きまじめ》さに呆《あき》れもし、心を打たれもする。

「ご自由にどうぞ」

「ありがとう。うちは雑貨店をやっているんだけど、そこでアルバイトをしてるまじめな子で、人柄は保証するから」

「人柄もなにも」

民宿を営む者がいちいち客の人柄を選んでいたら商売にならない。謎《なぞ》の気遣いがおかしくて笑ってしまったのだが、その笑い声は存外、理津子の気持ちをほぐしたらしい。

「『親友』とふたり旅をしたいんだって。いいよね」

口調がぐっとくだけたものになる。不快ではなかった。

「いいですね。ふたり旅」

ご予約お待ちしております、と電話を切った。背後から袖《そで》が引っ張られる。シートの上に膝立ちになった梨花が絵本を抱えていた。託児所から持ってきていたのだろうか。

「ちひろさん、読んで」

梨花は絵本が好きだ。上目遣いに『鉢かづき姫』を差し出す。いいよ、と頷《うなず》いたら、千尋の膝の上に座ってきた。

「これ、前も読んだね。お気に入りなの?」

「うん」

頭にお椀《わん》みたいなのをかぶっているところがおもしろいのだという。ちひろさんはこのお話好き? と訊かれて、即座に首を振った。

「嫌い」

「なんで?」

「なんでも」

でも梨花がこれを好きでいることにはなんの問題もないんだよ、と膝の上で尻《しり》を左右に動かしているせわしない幼児に説明してやる。伝わっているかどうかはわからないけれども。

公民館はいつもレモンの匂《にお》いがする。ほんとうのレモンとは違う。玄関に置かれた芳香剤の人工的な、安っぽい匂いだ。子どもの頃からそうだった。千尋はこの匂いを嗅《か》ぐと、クリスマス会のことを思い出す。

公民館で毎年開かれていた子どもクラブのクリスマス会。ひとりずつに配られる、透明のパックに入った二切れのケーキ。えんぴつ二本だとか消しゴム一個だとか、そういうパッとしないプレゼントが配られたり、ハンカチ落としみたいなつまらないゲームをやらされたりする。

当時そのゲームをしきっていた子どもが今、コの字にくっつけられた長テーブルの端で、畳に両手をついて喋《しゃべ》っている。名を、杉浦勇気《すぎうらゆうき》という。

当時から顔が変わっていない。靴を脱ぎながら観察している千尋に気づいて「あ」というかたちに口が開いた。さらに千尋のあとから入ってきた麦生にちらりと視線を走らせ、すぐに何事もなかったように隣の男との会話を続ける。

今日は盆踊りについての話し合いをするらしい。自治会・婦人会・子ども会合同だという。政子さんは今年婦人会の副会長をつとめており、今日は腰痛がひどいというので千尋がかわりに来た。代理で出席する旨を婦人会会長である杉浦勇気の母に電話で連絡した際、「あんたんとこのあの、若い男も一緒に連れて来てよ」としつこく言われた。

断り切れず、麦生を同伴した次第だった。千尋ならぜったいに行きたくない集まりだったが、麦生は存外平気な顔で「うん、行くよ」などと服を着替えはじめた。

千尋、千尋、とあちこちから声が飛んでくる。まるまると太った女に「ひさしぶり」と背中を叩《たた》かれた。彩菜《あやな》という名の同級生だと気づくのにすこしかかった。外見があまりに変化していたから。

「あ、ひさしぶり」

浅黒い肌にひきしまった身体《からだ》つきの、切れ長の目が印象的な女の子だった。二十歳《はたち》の時に結婚して、今は三人の子どもの母だという。貫禄《かんろく》のようなものすら滲《にじ》ませて「太ったでしょ、わたし」とげらげら笑う。奥のほうの虫歯の治療あとが見えた。

「旦那は詐欺《さぎ》だって言ってる」

「今もきれいだよ」

地に足をつけて生きる者は美しい。それは千尋の素朴な実感だったが、彩菜は麦茶と間違えてめんつゆを飲んだような表情をした。はあ、あんたってさあ、なんかさあ、とため息をついたのち、また千尋の背中をばしっと叩いて離れていく。

会議はつつがなく進み、つつがなく終わった。毎年やっていることを同じようにやるだけだ、ほんとうは話すことなどなにもない。麦生は会議のあいだずっと千尋の斜め後ろで退屈そうに自分の爪《つめ》を見ていた。誰かが麦生に意見を求めることもない。それなのに、なぜ連れて来なければならなかったのか？

「おい、千尋」

玄関に向かう人の流れに逆らって、勇気がこちらに近づいてくる。ごつごつとかたそうな身体つきに、短く切った髪。島に住み、島で働く男はなぜか皆似てくる。勇気は左手の薬指に嵌《は》まった金色の指輪をいじりながら、値踏みするように麦生の全身を眺めた。

「いつまでもちそう？　夜の幼稚園は」

「託児所ね。『いつまでもちそう』ってどういう意味？」

勇気はあいまいな笑いを唇《くちびる》の端に浮かべて、答えなかった。麦生に「どうも。俺《おれ》こいつの元同級生の勇気って言います」と、顎を上げて尻をつき出すようなへんなお辞儀をした。

「はじめまして、大野《おおの》麦生といいます」

麦生はにっこりと笑う。民宿の客に、託児所を利用する保護者にたいしていつもそうするように。

消防団がどうのと勇気が話しはじめたので、千尋はようやく麦生を連れてこいと言われた意味を知る。星母島の消防団は「島の若い男性」で構成されている。消火活動に駆り出されるだけでなく、島で行われる葬儀の際に棺《ひつぎ》を担ぐとか、台風で折れた木を撤去するとか、とにかくありとあらゆる肉体労働に従事させられるシステムだった。もう二十年以上前から団員の減少と高齢化が問題になっている。新しい人間が入ってこないから、五十、六十代になっても辞められないと聞く。

「麦生はだめだよ」

「なんで？　消防団ならあいつも入ってたよ」

あいつ、とは亜由美さんの夫のことだった。ちょうど勇気の父親が消防団長をつとめていた頃だった。

「まあその本土の男、ぜんぜん役に立たなかったらしいけど」

勇気はふんと鼻を鳴らす。らしい、だと？　親から聞きかじった薄い情報でよくもそこまで得意げに小鼻をぷっくりさせられるな？　と千尋がいきり立った時、勇気がふいに麦生に身を寄せた。

「こいつ、凶暴でたいへんだろ？　苦労してない？」

小声だったが、ちゃんと聞こえた。聞こえるように言ったのだ。昔千尋に椅子で殴られたことをいまだに根に持っているのだ。ほらここに、と短い髪をかきわけて、耳の上の傷を見せている。

「まだ残ってる」

「千尋さん。僕、入ってもいいよ、消防団」

麦生が片手で口元を押さえながら言う。唇がひくついているのが指のあいだから見てとれる。笑いをこらえているのだろうか。いったいなにがそんなにおかしいのだ？

「……やめたほうがいいって」

「どうして？」

そうなればいよいよこの島にしばりつけられてしまう、ということを、麦生がちゃんと理解しているとは思えない。

いつまでもちそう？　さっきそう問われた時、麦生のことかと思った。この男との生活はいつまでもつのかと。

勇気はにやにや笑いながら、いつまでも千尋と麦生の顔を交互に眺めている。

＊

海面から吹く風はべたついている。髪や肌にまとわりついてくるような不快さに思わず眉間に皺を寄せた。

麻奈《まな》が「べたべたする」と文句を言いかけた時、隣で絹《きぬ》が伸びをして「気持ちいいね」と目を細めたから、口をつぐんだ。絹はいつもそうだ。気持ちいいね、楽しいね、わくわくするね、というようなことしか口にしない。

「痛いとか苦しいとか疲れたとか、そういうことは言わないようにしてるんだ」

仲良くなって、まだ日が浅い頃にそう聞かされた。

「ダメだって口に出して言った瞬間にダメになっちゃうんだって。だからなるべく悪い意味の言葉は使わないようにしてるんだ」

照れたように笑う絹はかわいかった。高校のブレザーの制服だって、自分が着ているのと同じはずなのに絹が着ると段違いにおしゃれに見えた。もう、十五年も前の話だ。

フェリーは波しぶきをあげながら、星母島を目指して走っている。片道約二十分の航路だと書いてあったが、その時間をずっと甲板の上で過ごすのは耐えがたい。まだ四月の頭だというのに強い日差しが頭上をちりちり焼くから、また麻奈の眉間に勝手に皺が寄る。

うっかり手すりにつかまったら、やっぱり潮でべたついていた。海も山も、ほんとうは大嫌いだ。絹との旅でなければ、ぜったいに来なかった。

ふたりで会うのはひさしぶりだ。絹の結婚式には行かなかったし、招待もされていない。

紫外線に気をつけなければ。わざわざそう口に出すまでもないほど、麻奈の周囲の女たちは日差しに当たることを嫌う。星母島、および母子岩のことを教えてくれた田所理津子もそうだ。ほんの数分外に出るだけの用事でも日傘を持っていく。

絹だけが例外だった。紫外線対策にはまるで無頓着《むとんちゃく》と言っていい。日傘もアームカバーも帽子もめんどうくさいのだそうだ。そのくせしみひとつないつるりと白い肌をしているのだから、まったく嫌になる。

乗船する前に、絹はアイスクリームを買ったはずだった。麻奈はいらないと言ったのに、ふたつ。

「絹、アイス溶けちゃうんじゃない」

「あ、そうだ」

なんとか船内に誘うことに成功した。

フェリーのロビーはがらんとしている。オレンジ色の椅子が三十ばかり並んでいて、一番前の列の、テレビがよく見える席に陣取ったおじいさんが一人、缶ビールを飲んでいた。

「はい、どうぞ」

絹がアイスと、木のスプーンを差し出す。

なんの変哲《へんてつ》もない、紙の容器に入ったバニラアイスだった。フェリー乗り場の近くにあった小さな酒屋の古びたガラスケースの奥底から取り出されたアイスの容器は側面にびっしりと霜がついていた。

繁盛している店には見えないし、かなり古いものなのではないか、食べたらお腹を壊しそうだと絹に耳打ちしたら「麻奈は心配症だね、昔から」とすこぶる快活に笑われて、それでおしまいだった。

絹がアイスを食べはじめる。すでに溶けはじめていて、ずぶりと木のスプーンを飲みこむ。麻奈はしばらく逡巡《しゅんじゅん》していたが「おいしいよ」と絹に言われて、しぶしぶ手をつけた。

「こういう木のスプーンでアイス食べるの、何年ぶりだろ」

麻奈が呟《つぶや》くと、絹がまた目を細めて頷いた。

「これがおいしいんだよね。ほんのり木の匂いがするし、金属のスプーンみたいに冷えすぎなくていい」

スプーンというよりはヘラに近い形状のもので、アイスクリームをすくう。乳臭い香りと木の匂いと、さっき手すりを触った時についた鉄の匂いが鼻の奥でまじりあい、舌の上にべたついた甘さが残る。

アイスクリームは麻奈にとって「嫌いではないがわざわざ買ってまで食べることはないもの」のひとつだった。子どもの頃はもっと特別な、ごほうび的な食べものだったかもしれないが、ここ数年は違った。どこかで食事をした時に、平たい皿の端にちいさなケーキやムースやくだものとともにちんまり盛られて出てきて、たいした感慨もなく口にする、そういう存在だった。

「思い出した、十年ぶりだ」

ほんとうはもっとはやくに思い出していた。

十年前に誰と、どこで食べたのかと絹は問わない。麻奈も言わない。

絹はその頃日本にはいなかった。ロンドンに留学していて、よく手紙をくれた。返事を送るのは二回に一回がいいところだった。麻奈にはその頃生まれてはじめて健斗《けんと》という恋人ができて有頂天の日々を送っていたから、正直それどころではなかった。

健斗と花火大会に行った。健斗が「子どもの頃から親に『出店の食べ物は買うな』と言われているんだ」と強固に主張するので、コンビニでアイスを買うことにしたのだった。麻奈はバニラを買い、健斗が「俺これにしよ」と選んだチョコミントが、とても新鮮な選択に思えた。花火大会がおこなわれる河川敷はたいへんな混みようで、だから近くの児童公園で花火をみることにした。「穴場なんだよ」と健斗が言うとおり、他に誰も人はいなかった。仕掛け花火はよく見えなかったがいっこうにかまわなかった。結局のところ麻奈には花火などどうでもよかった。「健斗と一緒に花火大会に行く」ことそのものが重要だったのだ。浴衣かわいいね、と言われたり、それから花火の後に健斗のアパートで抱き合ったりすることで頭がいっぱいだった。

店員のミスで、木のスプーンがひとつしか入っていなかった。だから交互に使ってアイスクリームを食べた。チョコミントのアイスというものが麻奈はそれまであまり好きではなかったが、健斗が「ほら」とひとさじすくって食べさせてくれたチョコミントがおいしかったことを、今でもはっきり覚えている。脳天が痺《しび》れるほど甘くて、涼やかで、幸せな味がした。花火が打ちあがって、健斗の顔を明るく照らした。

「幸せ」

麻奈が言うと、健斗は「俺も」と言った。

「ずっと一緒にいようね、俺たち」

照れたように自分の頬を擦《こす》って、それから麻奈に顔を寄せた。唇がつめたかったことと、顔を離した健斗が「あまい」と笑ったことを、昨日のことのように思い出せる。

麻奈はたいていの「はじめて」を、健斗とした。健斗は時には案内人となり、指導者となり、時には共犯者となって、一緒に楽しんでくれたはずだった。どこに連れて行っても新鮮に驚いたり喜んでくれたりするところがかわいいと言われた頃から、麻奈の態度には作為が混じるようになった。どんなふうに歓声を上げ、とびはねて見せたらもっとかわいいと思ってもらえるのか、鏡の前で研究したこともある。

絹が帰国すると、まっさきに紹介した。絹を健斗に会わせたかったのか、健斗を絹に会わせたかったのか、自分でもわからない。恋人と友人、同じぐらい大切だった。どっちを優先するなんて、そんなこと考えるほうがおかしい。

ぼんやりしているうちに、半分以上残っていたアイスは溶けて液体になっていた。うす黄色いバニラアイスは、結婚式で絹が着たらしいウェディングドレスの色によく似ている。さっき新幹線の中で、画像を見せてもらった。

純白を選ばなかったのはどうして？　と訊いてやろうかと思った。でもやっぱり訊けなかった。

ねえどうして？　やっぱりやましいところがあったから？

「あ、あれでしょ。星母島」

絹がうれしそうに前方を指さす。台形のクッションみたいな、いかにもつまらなそうな島。田所理津子は「いいところだったよ」と言っていたけど、信じられない。

「麻奈って、ほんとうは島とかは得意じゃないよね」

得意じゃない、か。自分なら「島とか嫌いでしょ」と言うところだが、絹はそうしない。

「まず虫とかが好きじゃないし、生の魚も食べられないもんね」

覚えてたんだ、と返した声がみょうに甲高くなっていまい、舌打ちしたくなった。絹が自分の苦手なものをおぼえてくれている。ただそれだけのことを、一瞬喜んでしまった自分が情けない。

「わたしのため、なんでしょ？」

絹が麻奈の手を取って、自分のそばに引き寄せる。こうした仕草を、高校の同級生たちは「わざとらしいし、なれなれしい」と嫌っていた。今はどうなのだろう。「ロンドンに留学していた」という経歴で、過度なスキンシップも当然のことと周囲に飲みこませているのだろうか。

「旅行行かないかって連絡くれた時はびっくりしたけど、ほんとうにうれしかった。ありがとう、麻奈。すごく感謝してる」

いいって、と顔を背ける。感謝、は絹の大好きな言葉だ。

風でも吹いたのか、フェリーが一瞬、大きく揺れた。


『民宿　えとう』は、松林の途中にあった。ホームセンターで買ってきたような安っぽい鉢に植えてある三色菫《すみれ》を、絹はかわいいかわいいと言って写真に撮った。いたってふつうの民家みたいな玄関や襖《ふすま》の絵も「昭和レトロって感じ」などと大げさに誉《ほ》めそやす。

田所理津子が言ったとおり民宿の裏は託児所になっていて、時折赤ん坊の泣き声が聞こえてきた。麻奈たちの他に泊まっている客の子どもらしい。島の散策をするあいだ、預かっているのだという。

「そうですか、母子岩を見に来られたんですね」

さきほど部屋まで案内してくれた男が、絹と話している。今日は空気が乾燥してますね、と麻奈が言ったら小型の加湿器を持ってきてくれたのだった。絹があれこれ話しかけるものだから、もう二十分以上もここにいる。片膝をついた王子さまのような姿勢で、にこやかに相槌《あいづち》を打ち続けている男は、さきほど絹に名前を訊かれて「大野麦生といいます」と言った。フルネームで答える人はめずらしいなと麻奈は思ったが、絹はさほど疑問に思わなかったらしい。あーなんかぴったり、と胸の前で両手を合わせ、旧知の仲のように「麦生さんは、もともとこの島の人なの？」と名前でよびはじめた。

さきほど民宿の前で出迎えた大野麦生を見るなり、絹が麻奈に「すっごい、かっこいいね」と耳打ちしたことを思い出す。

「わたしはその母子岩のこと知らなかったんですけど、この子が」

絹の手が、ぽんと麻奈の肩に乗せられる。

「田所理津子さんのご紹介でしたね」

気がつくと、大野麦生の目がこちらに向いていた。

「たしか同じ会社にお勤めだとか」

「ええ、まあ向こうは本部の人で、こっちはただの店舗スタッフですけど」

しかもバイトだし、と心の中でつけくわえる。大学を卒業して最初に就職した食品会社が倒産してしまい、一時しのぎのつもりではじめたバイトが今も続いている。

「正社員登用制度もあるので」と面接の際に説明されたし、事実勤め先の鈴江店長はバイトから社員になったひとりらしいが、麻奈はまだそんな誘いを受けていない。自分から言わなければならないのだろうか。麻奈としては、そうではなく「会社側から誘われて」という形式を取りたかった。あなたはここに必要な人材なのだと示されたい。

「えー、でもわたし好きだよ、『hirondelle』、おしゃれだし」

おしゃれですよね、と大野麦生が相槌を打つ。

「行ったことあるんですか」

適当なこと言ってんじゃねえよ、と睨《にら》みつける麻奈に、大野麦生は「はい」と涼やかな笑みを向ける。

「このあいだ福岡で知人と会う約束をしまして、その時に」

これぐらいの大きさの、こういう柄のブランケットを買いました、という商品には覚えがあった。店長からその売り場のディスプレイを任せると言われて、はりきって挑んだからだ。

「雑貨、お好きなんですか」

「いえ、田所理津子さんが『ぜひ来てください』と仰《おつしや》っていたので行きました。千尋さんにおみやげを買いたかったし」

大野麦生はもともとこの島の出身ではなく、数年前に恋人の江藤《えとう》千尋なる女が故郷に帰って育ての親の民宿を継ぐというのでついてきたそうだ。

さきほど絹が根掘り葉掘り訊《たず》ねていたのを横で聞いていた。以前は飲食店の厨房《ちゆうぼう》で働いていて、今も民宿の料理はほとんどつくっているのだという。

もと保育士でベビーシッターで今は託児所つき民宿の経営者であるという「江藤千尋」のことを、田所理津子は「ニヒルな感じの人」と評していた。ニヒルな感じの女がどうやって赤ん坊をあやすのか、ものすごく興味がある。しかし宿についてからまだ一度も顔を合わせていない。

大野麦生のととのった目鼻立ちは、絹の言うとおり「すっごい、かっこいい」のかもしれない。

健斗とはずいぶんタイプが違う。健斗はどちらかというと愛嬌《あいきょう》のある顔立ちをしている。中高と野球をやっていた。毎日筋力トレーニングを欠かさない引き締まった身体が（本人はけっして口には出さないけれども）ひそかな自慢のようだった。

「素敵なお店でした。こんど千尋さんと一緒に行きたいと思っています」

「そうですか。ありがとうございます」

一時しのぎで勤めはじめた職場ではあるが、誉《ほ》められればもちろん悪い気はしない。麻奈が頭を下げた時、絹が「結婚して、一年なんです」と口をはさんだ。頬が紅潮している。あまりにも唐突な話題の変えかただった。

「わたし、一度流産してるんですね」

さらに続けられた（場違いな）発言に麻奈はぎょっとしたが、大野麦生はさほど驚いた様子もなく「はい」と相槌を打つ。眉《まゆ》がかすかにひそめられた。それはおつらいでしょう、とでも言いたげに。

絹にはそういうところがある。自分以外の人間が話題の中心になったり、自分の知らない話題で他人が盛り上がっているのが嫌なのだ。

「わたしが子どもを欲しがってること、麻奈は誰よりもよくわかってくれてて。だからこの島に誘ってくれたんです。母子岩っていうパワースポットがあるんだよって」

絹が麻奈の肩を抱くようにする。頬が近づいて、絹の甘いシャンプーの香りが鼻先をくすぐった。

「わたしたち、親友なんです」

絹がにっこり笑ってみせる。一緒に笑おうとしたが、頬がひきつった。

「そうですか、いいですね」

口元に笑みを浮かべて頷く大野麦生から目を逸《そ》らす。

この男、嫌いだ。すべてを見透かすような目をしているから。

「岬まで、よかったらご案内しますが」

大野麦生の申し出に、絹が「きゃあ」というような声を上げる。ぜひぜひ、と絹が身を乗り出すのを「けっこうです」と遮った。

「ふたりだけで行きます」

大野麦生が麻奈をじっと見つめる。もの言いたげなまなざしのわりには「そうですか」とあっさり引き下がって去っていった。

「そんなきつい言いかたで断らなくってても」

麦生さん機嫌悪くしちゃったかも、と心配している絹に「べつにいいじゃん」と言ってやった。絹が頭を振るたび漂《ただよ》ってくるシャンプーの香りが甘すぎて、だからずっと抑えていた言葉が溢れ出た。

「あっちは仕事で言ってるんだし、そこまで考える必要なくない？　それとも個人的に仲良くなりたいの？　『すっごい、かっこいい』男だから？　旦那だけじゃ足りない？」

絹が驚いたように目を見開く。


麻奈が入学した高校は、家からすこし遠かった。同じ中学出身の生徒もいるにはいたがほとんど男子だったし、クラスも違った。ぽつんと座る教室はやけに広く感じられ、心細くてたまらなかった。

入学式の翌日に絹から声をかけられた時、だから、うれしかった。席が近かったわけでもないのに、絹は麻奈に近づいてきて、声をかけてくれたのだ。わたしを見つけてくれた、そう思った。正確には、麻奈がかばんにつけていた手製のスワロフスキーと造花のチャームを見つけたのだが。

「それ、かわいいね」

「え、そう？　ありがとう」

センスの良さそうな子だなと思って、だから友だちになりたいなとすぐに思ったんだ、と言われて有頂天になった。地味でさえない自分を、そんなふうに言ってくれた。それも絹のようなかわいい子が。

休み時間にも放課後にもふたりでお喋りをして、それでもなお時間が足りず、電話やメールでやりとりをした。長電話を親に叱られたら、こんどは手紙を書いた。好きな音楽の話、新発売のおかしの話、親に怒られたこと、将来どんな仕事をしたいかどんな人と結婚したいか、子どもは何人ほしいか。

麻奈は自分が親になるのって想像できないと話した。絹は、やってみたい仕事はあるけど、でもやっぱり最終的にはお母さんになりたい、と話した。

「子どもは最低でもふたり。男の子と女の子ひとりずつ。でもほんとうはもっと。だって子どもってかわいいでしょ?」

「絹の子どもならきっとかわいいよ」

明るい未来への空想は麻奈の足元を照らした。卒業してからもずっと、ずっと、絹と友だちでいる。離れても、境遇が違っても、会えば支え合える女友だち。麻奈がこれまでに目にしたおおくのフィクションにはそういった関係性が多く登場したし、そしてそれらはかけがえのないものであるとされていた。

麻奈が同じクラスの女子に声をかけられたのは、あと数日で夏休みになるという日の放課後だった。絹は先生に用事を頼まれて、職員室にいた。一緒に帰ろうと教室で待っていたら、彼女たちに机を取り囲まれたのだった。

「絹って良い子でしょ」

彼女たちは絹と同じ中学校に通っていた。うち一名は幼稚園からずっと一緒だった。昔からよく知ってる、という。彼女たちの口から発せられる「良い子」には、くっきりと否定のニュアンスが浮かんでいた。

「あの子すぐ肩とか髪とか、べたべた触ってくるじゃない。うっとうしいの」

「そうそう、こうやって相手の手をぎゅっと握るの、びっくりするよね」

「男の先生とか、男子とかにもそうなんだよねー」

彼女たちの中学には「浮いている」女子がひとりいたらしい。浮いているという言葉を使っていたが、実際にはいじめられていたのだろうと思った。

ある日絹が「そういうのよくないよ」と「意見して」きたのだという。

「しかも担任に言いつけたんだよね」

そーそーそー。相槌がいくつも重なる。

「まあ担任には相手にされてなかったけど」

その後の絹が中学でどんな扱いを受けたのか、聞かずともわかるような気がした。

「とにかく良い子ぶるでしょ、絹って」

いつも正しい、いつも機嫌が良い、そういうのってうさんくさい、というのが彼女たちの総意のようだった。

「ねえ、麻奈ちゃんもそう思わない？」

彼女らと口をきくのははじめてに近かった。それがいきなり「麻奈ちゃん」とは。驚いたが、彼女たちのグループのことは入学当初から知っていた。いちばん目立っているというほどではないにせよ、そこそこ華やかで、魅力を感じなかったといえば嘘《うそ》になる。

一緒にいて疲れるでしょ、ね、と顔を覗《のぞ》きこんでくる彼女に頷いて見せれば、彼女たちのグループに入れてもらえるのだろうかと思った。そこまではっきりと考えたわけではなかったが、咄嗟《とっさ》に「ここは頷くところなんじゃないかな」という計算は働いた。

だけど、絹はどうなるの？

「わたしは、絹の友だちだから」

他の人からどう思われていようと、絹は、友だちだから。きっぱりと言い切ると、彼女たちはつまらなそうに麻奈から離れていった。入れ違いに、目を真っ赤にした絹が入ってきた。廊《ろう》下《か》でこっそり話を聞いていたらしい。

「ありがとう、麻奈」

絹は麻奈の右手を自分の両手で握った。

「麻奈は、わたしの親友」

窓から差しこむ西日でオレンジ色に染まった絹の笑顔は美しかった。

「わたしって同性に誤解されやすいタイプみたい」

その後に立ち寄ったファストフード店で、絹はポテトをつまみながら肩をすくめていた。

「そうなの？」

「うん、お兄ちゃんにそう言われた」

「わたしは違うよ」

「うん、わかってる。麻奈、大好き」

この子を理解できるのも、守れるのも、自分だけだ。大好き、と絹が言うたびに上下する長い睫毛をうっとり眺めながら、十代の麻奈はかたく決意した。わたしだけはなにがあったって、いつだって、絹の友だちでいる。


驚きに見開かれた絹の瞳を見つめ返しながら、麻奈の半身はまだ過去にとどまっている。麻奈だけだよ、あんなふうに言ってくれたの。信頼できる相手は麻奈しかいない。ほんとに感謝してる。一生忘れないよ。十六歳の絹が、耳元で喋り続けている。

「……旦那だけじゃ足りないとか、なんでそんな言いかたするの、麻奈」

「まあ、いいよ。とにかく、行こう」

母子岩に祈願するんでしょ、と麻奈は立ち上がる。絹は微動だにしない。

「絹、行こう。そのために来たんでしょ」

襖を開けて廊下に出た状態で、また「きーぬー」と呼ぶ。何度この名を呼んだだろう。教室で、電話で、手紙で。心細い時に。良いことがあった時に。

眠れないほど苦しい夜に。

「……わたし、行かない」

「は？」

なに言ってんの、と麻奈が笑っても、絹は青い顔でうつむいている。

「なんで？　なんで行かないの？」

「だって」

麻奈、なんかこわい。絹はそう呟き、耐えきれなくなったように泣き出した。

「なに泣いてんの？　は？　こわいってなに？」

「大きな声出さないで」

ぽたり、ぽたりと雫《しずく》がテーブルの上に落ちる。どうやったらこんな大粒の涙が出るのだろう、やはり目そのものが大きいせいだろうかと、一瞬のんきな疑問が頭に浮かび、すぐにはげしい感情によって彼方《かなた》に追いやられる。

こんなふうに泣かれたら、こっちが悪いみたいじゃないか。

「あの時もそうだったよね。絹はそうやってずっと泣いてるだけだった」

一年とすこし前の夜だった。慣れないバイトでミスを連発して、ひどく落ちこんでいた。きゅうに健斗に会いたくなって、自宅ではなく健斗のアパートをめざして歩いていた。その数か月前に喧嘩《けんか》をして以来ずっと会っていなかったから、仲直りの目的もあった。「疲れた」と麻奈がこぼした時「疲れたって、バイトでしょ」と笑われたのが喧嘩の理由だった。健斗が発した「バイト」には「たかが」という侮りがあった。だから腹が立った。好きでバイトに甘んじているわけではない。

アパートまであと数メートル、というところで健斗と鉢合わせた。隣には絹がいて、ふたりの手はしっかりとつながれていた。

健斗がぶらさげているコンビニの袋にはビールと絹の好きなシードルの瓶とスナック菓子が入っていた。以前も健斗はそのスナック菓子を食べていた。脇《わき》からひとつつまんで「だいたい想像はついてたけど、やっぱ安っぽい味するね」とコメントしたことが思い出された。健斗がむっとした顔で「俺が好きなんだからいいんだよ。嫌なら食うなよ」とその袋を抱えこんだことも。

あの時も、絹はいきなり泣き出した。ともかく中に入ろうと押しこまれた健斗のアパートで、健斗と麻奈が向かい合って座った。絹は当然のことのように健斗の隣に腰をおろした。

子どもみたいに目をこすりながらめそめそする絹の横で、健斗は長々と弁解した。職場の近くの店で偶然絹と会って、そういうことになった、麻奈とはこのあいだのあれで別れたと思っていた、だから浮気ではない、というような話だった。このあいだのあれ、がバイト発言に端を発した喧嘩のことだと気づくのに時間がかかった。

麻奈は「健斗は無神経だ、しばらく会いたくない」と言っただけで、別れるなどとはひとことも言っていなかったのだが。

「だからってなんで」

健斗と絹、それぞれに向かって発した問いだった。だからってなんでよりによって絹と？　よりによって健斗と？

「好きだったの、ずっと」

泣きじゃくりながら、それでも絹は言い放った。ずっと健斗のことが好きだった、でも親友の恋人だからがまんしていた、でもこのあいだ偶然健斗と会って「別れた」と聞かされて、そこからはもう止まらなかった、ごめんなさい、ごめんなさい、と嗚咽《おえつ》をもらす絹の頰は薔薇《ばら》色に輝いていた。この状況に陶酔《とうすい》しているのがわかって、ものすごい勢いで手足が冷えていった。

ぼうぜんと、健斗の部屋の中を見回した。わたしが選んだマグカップ、と流しの上を見つめて思った。ベッドの脇にあるナイトランプも。テーブルの上の、小物を置くためのシルバーのトレイも。麻奈が持ちこんだものに溢れたこの部屋で、ふたりはあれやこれやをおこなったのだろうか。

「最低だね」

ふたりとも、と呟いた声が掠《かす》れた。顔を伏せていた健斗が意を決したように顔を上げて「絹は」と話しはじめる、その映像はなぜかスローモーションのように緩慢《かんまん》に麻奈の目にうつった。

「麻奈みたいに、疲れたとか、職場の誰それが嫌いだとか愚痴こぼしたりしないんだよ。そういうところを好きになったんだ、さっきも言ったけど浮気じゃないから。本気だから」

その後のことはほとんど覚えていない、最後にふたりにどんな言葉をかけたのか、どうやって自宅に帰ったのか、霧がかかったようにぼんやりしている。それほどに、健斗から投げかけられた言葉は強く麻奈を殴った。

それからずっと健斗はもちろん絹とも連絡を絶っていた。ふたりがすぐに結婚したこと、絹が妊娠していたことなどは、健斗の友人から聞かされて知った。赤ちゃんだめになったらしいよ、と後日とても言いにくそうに教えられて、そうして麻奈は絹に電話をかけたのだった。


気がつくと、民宿の畳に絹がうずくまっていた。背中が大きく上下している。絹は苦しげな呼吸をしながら、麻奈に「苦しい」と訴《うった》えてくる。

眉根を寄せ、肩を震わせる絹に近づいて、肩を摑《つか》んだ。

「疲れたとか苦しいとか、言わないんじゃなかったっけ?」

ねえそうだったよね、と揺さぶったら絹の喉《のど》の奥から甲高い悲鳴が飛び出した。

「なんとか言いなよ、ねえ」

声を荒らげた時、背後からものすごい力で両肩を摑まれた。絹から引きはがされて、数歩よろめき、勢い余って畳に転んだ。

「うるさいのですが」

麻奈を見下ろす女を見上げて、仁王立ちとはこのことかと思った。女は全身から怒りのエネルギーを放出しながら、押し殺した低い声で「静かにしてもらえませんか」と繰り返す。

「寝てる赤ちゃんがいるんですよね」

大野麦生は、なんと呼んでいたのだったか。そうだ、千尋だ。江藤千尋。江藤千尋はまだうずくまっている絹の背中に手を当て「ゆっくり息を吐いてください」と声をかけている。絹は涙をぼろぼろこぼしながら、必死に首を振っている。

「だいじょうぶ。息を吐いて。吐いて。そうです」

絹の呼吸が、すこしずつ静かになっていく。「うるさいのですが」と額に青筋を立てていたくせに、江藤千尋は「麦生！　麦生！」と廊下に向かって呼ばわった。駆けつけてきた大野麦生に「この人、診療所に連れていって。具合悪いみたい」とそっけない口調で告げた。

わたしは今、いったいどんな顔をしているのだろうと途方にくれた。大野麦生が「ふたりともじゃなくて？」と、困った顔で絹と自分を見比べたから。

「母子岩にお願いするつもりでした」

手元に視線を落として、麻奈は言う。蛍光灯の下で見る自分の手はぎょっとするほど青白くて、指先がすこし荒れていた。

絹は大野麦生によって、島の診療所に連れて行かれた。ただの過呼吸で大袈裟《おおげさ》など思ったが、しばらく絹の顔を見なくて済んで正直ほっとしている。

いったいなにをやっているのかと責められると思ったのに、江藤千尋はあの後麻奈には目もくれずに、さっさと部屋を出ていってしまった。数時間後に「夕飯ができました」と襖越しに呼ばれたが、布団をかぶって無視した。

しばらくすると、食堂からにぎやかな笑い声が聞こえてきた。空腹は感じていたが、もう一組の宿泊客である家族が食事をしているのだと思ったら、ますます食堂に行きたくなくなった。「最悪だ」「死にたい」と百回ぐらい思ったのに、布団に入っているうちにじんわりと眠くなってきた。ふたたび目を覚ました時には、もう二十一時を過ぎていた。絹が戻ってきた形跡はなかった。もしかしたらべつの部屋を用意してもらったのかもしれない。

民宿全体が眠ったように静まり返っている。廊下を覗くと、食堂から細長く明かりがのびていた。行ってみると、台所に江藤千尋がいた。こちらに背を向けてなにかしていたにもかかわらず、江藤千尋は麻奈が入ってきたのがわかったようで、「座ってください」と声をかけてきた。

生臭いというか、なんともいえない匂いが台所から漂ってくる。コーヒー飲みたきゃセルフで、とカウンターの上のコーヒーメーカーを顎でしゃくられ、自分で注いで飲んだ。ほんとうはミルクが欲しかったが、どうしても言い出せなかった。

料理の仕込みをしているらしく、ざっしゅざっしゅという音がリズミカルに響く。江藤千尋は麻奈になにも訊かなかった。よかったら話聞きますけど、などと言われたわけでもないのに、麻奈は勝手にこれまでのことを喋った。普段の自分はあんなふうに大声を出すような人間ではないんだ、事情があるんだ、と弁解したい気持ちもあった。

話を聞いているのかどうかもよくわからない江藤千尋は黙ったまま、手を動かし続ける。なんとも言えない匂いがまた一段と濃くなった。

「どう思いますか？　あとこの匂いは、なんですか？」

首を伸ばして声をかけると、ようやく江藤千尋がこっちを見た。

「タコデスネ。クソデス」

「はい？」

「匂いのことです。これは蛸《たこ》の匂い。で、その男はクソです。絹さんというあのご友人もへんです」

なんていうか、とにかくクソです。へんです。蛸はおいしいです。江藤千尋は手を動かしながら、無表情でそう続けた。台所に入っていって、手元を覗きこむ。大きなボウルの中で蛸が塩まみれにされている。茶色というか灰色というか、とにかくきたならしい色の身体がうねうねと動いて、足がからみあい、またあの匂いを放つ。

「ぬめりをとるために塩で揉《も》みます。良い感じに塩がしみて、ゆでただけでおいしく食べられます。醤油《しょうゆ》なしでいける。蛸はシロウさんがくれました。シロウさんは診療所の先生で、もと漁師のヤマオさんの手の怪我《けが》の治療の代金としてたくさんもらったそうで、さっきおすそわけしてもらいました。今日はまつりと政子さんが託児所のほうにいるので、わたしが蛸の処理をします」

知らない人の名前がどんどん出てくる。半分も理解できないまま、そうなんですね、と頷いた。塩で揉まれるたび、灰色のどろどろした臭い液体がにじみでてきて気持ちが悪い。靴下かなにかをひっくりかえすような手つきで、江藤千尋が蛸の頭をくるんと裏返した。むしりとっているものはどうやら内臓らしい。墨がしみ出てきて、江藤千尋の指を汚していく。

うっわきもちわる、と思わず失礼なことを呟いてしまったが、江藤千尋は「はじめて蛸を食べた人は勇気があるなと思います」とまじめな顔で頷いた。

「そのクソな男と結婚したへんなお友だちと、どうして旅行をしようと思ったんでしょうか」

鍋《なべ》で湯を沸かし、真剣な顔で手を洗いながら、江藤千尋が麻奈を見た。

「母子岩にお願いするつもりでした。絹に、子どもが一生できませんようにって」

子どもに関するお願いをなんでも聞いてくれる、というのなら、それもまた受け入れてもらえるはずだと思っていた。子どもってかわいいよねと高校生の頃から言い続けてきた絹に、自分の子どもを抱かせてはならない。そんなこと、ぜったいにさせない。絹は麻奈から大切なものを奪ったのだから、これ以上大切なものを手に入れるなんて許せない。

ふたたび絹に連絡をとり、顔を合わせるのはとてつもない苦痛を伴う行為だった。絹の一挙一動に、その向こう側に垣間見える健斗の存在にいちいち負の感情を滾《たぎ》らせながら、それでも傍《そば》にいようと思った。彼らが「いちばんの幸せ」を摑み損ねるところを、近くで見届けたい。

麻奈がそこまで話したところで、千尋がかすかに眉をひそめた。

「わかってます、こんなこと考えるの最低だって。でもどうしても許せなかったから」

「そりゃそうです。許せないにきまってます」

声に実感がこもっている。そんなこと考えちゃだめですよ、と諭されるとばかり思っていたのに。

「え、ニヒルな女もふつうの女みたいに『許せない』みたいな気持ちになったりするんですか?」

「は? ニヒル?」

鍋の湯が沸騰しはじめる。お茶の葉をふりかけているのは、臭みをとるためだという。ゆであがりの色も鮮やかになるのだと教えてくれた。

見ててくださいね、と千尋が蛸を持ち上げる。蛸はべしゃんとしていて縦長で、エイリアンじみている。足の先をちょんちょんと湯の表面につけると、くるんと丸まった。手品のような鮮やかさで、赤く色が変化する。足が大きくカールして、頭はふうせんのように丸くふくらむ。絵に描《か》いたようなゆで蛸ができあがった。

「ニヒルとかふつうとかよくわかりませんけど、許せないという感覚はわかるし、許さなくてもいいと思います。ただ、伝えるべき相手は母子岩やわたしではなく、そのクソな男とへんなお友だちではないでしょうか。あと、なんで一年以上もその気持ちを熟成させてしまったのだろうと、ふしぎです。どうしてですか？　チーズかなにかですか？」

「はあ？　チーズって……」

当惑する麻奈に、江藤千尋が「どうぞ」と包丁で切り落とした蛸の足を一本、差し出してくる。

「えっ」

「薄く切って食べるより齧《かじ》るほうがおいしいので」

えええ、と抗《あらが》って見せたが、お腹がぐうと鳴ってしまった。スーパーなどで見るものより細いのに、歯を立てると押し戻されるような弾力がある。噛《か》むたびに、うまみが口の中に広がる。おいしいです、と伝えたら、千尋ははじめて笑った。蛍光灯なんて目じゃない、部屋全体をぱっと明るくするような笑顔だ。

なんだろうこの人。

「よかった」

「もっと食べていいですか」

「もちろん、もちろんです」

この蛸をゆでる過程を「人生も同じだと思うんですよ」とかなんとかほっこり素敵発言であなたを救うみたいなのは期待しないでくださいね、とまじめな顔で言いながら、江藤千尋はゆで蛸を皿に盛る。

「そんなのまったく期待してないです」

「そうですか、ならよかった。わたしそういう演出、ほんとうにだめなので。自分がするのも、他人からされるのも苦痛です」

ぶつ切りにされた蛸を、どんどん食べていく。江藤千尋の言うとおり醬油などいらない。しみこんだ塩と蛸のうまみだけでじゅうぶんだ。嚙み続けて顎がだるくなっても、まだ食べたい。まったく飽きない。

「ほんとうに、絹さんが幸せを摑みそこねるところを見たいというだけで、また連絡をとるようになったんですか?」

信頼できる相手は麻奈しかいない。そう言った絹の、まだすこしおさなかった顔が脳裏をよぎる。「誤解されやすいタイプ」を自称する絹の良いところを理解しているのは自分だけだと思っていた。絹にはわたししかいないんだと。でもとんだ勘違いだった。

絹に麻奈しかいないのではなくて、麻奈に絹しかいなかったのだ。絹と会わなくなってから気がついた。自分にはほかに心を許せる相手がいない。

絹が入学式の次の日、麻奈に声をかけたのはバッグのチャームがかわいかったからではない。

麻奈がひとりぼっちだったからだ。

あの子が頻繁に口にする「感謝」とか「親友」とかという薄っぺらい言葉に縋《すが》らなければならないほど、ひとりぼっちだった。

「だって友だちがいないって、やっぱり嫌だから」

全身を苛《さいな》むこの痛みは、言葉で説明するとなんと陳腐で幼稚なのだろう。それでも麻奈には「恋人がいる」よりは「同性の親友がいる」のほうがずっと人間としての価値が高いように思われてならない。

だってそうでなければ、なぜ「あの人友だちいなそう」という表現が、人格の否定の表現として用いられているのか。

さっき江藤千尋が「その男はクソです」と言った時、一瞬健斗のことだとわからなかった。それほどに今まで絹のことばかり気にしていたのだと思い知る。絹。たったひとりの友だちだったのに。

「わかります？　そういうの」

「わかりませんね」

きっぱりと言い放って、江藤千尋は自分のマグカップにコーヒーを注ぐ。

「わたし、友だちいないので」

確かにいなそう。麻奈はそう思ったが、いくらなんでも口に出しては言えなかった。

「多くの人は『友だち』を良いものだと思いすぎなんじゃないでしょうか」

「え、だって、良いものでしょ?」

「いいえ、そうでもないということを今あなたがたが身をもって証明しています」

たいへんに失礼なことをさらりと口にされて、唖然《あぜん》としてしばらく声が出なかった。さすが友だちのいない女は言うことが違う。

江藤千尋のスマートフォンが鳴った。電話の相手は、大野麦生のようだ。うん、うん、うん、わかった。短い受け答えの後に電話を切った江藤千尋が、麻奈を見る。

「絹さんは、今夜は診療所に泊まるそうです」

すこし考えるような間を置いてから、妊娠してるみたいです、と続けた。かなり初期で、本人も知らなかったそうです、と。

ああ、という声が喉の奥から漏れた。悔しさや怒りではなかった。もちろん喜びでもない。自分でもわけのわからない熱いかたまりが喉の奥からこみあげてくる。飲みこんでも、飲みこんでも、同じ温度でせりあがってきた。

「絹さんとあなたは、べつのフェリーで帰ってください。診療所の場所は教えません。この島とその周辺で刃傷沙汰《にんじょうざた》をおこされては困るので」

ニュースを読み上げるような、淡々とした声だった。

「そうですよね、わたしみたいな女、なにしでかすかわからないし、信頼できませんよね」

熱いかたまりが飛び出してきそうで、何度も唾《つば》を飲みこむ。

「いえ、あなただけではありません」

江藤千尋はまっすぐに麻奈を見ている。

「人間はみんななにをしでかすかわからないし、信頼できません。ちょっとした原因と動機ときっかけがそろえば、誰でも罪を犯す可能性はある。誰でも、誰でもです。もちろん、わたしも。お金を盗んだり、他人の不幸を願ったり、子どもを捨てたりする。だから未然に回避する方法を選ぶんです。信頼なんて簡単にしてはいけないんです」

「信頼なんて簡単にしてはいけない……」

復唱したらはじめて涙がこぼれた。信頼できるのは麻奈だけ、という絹の言葉よりもずっとたしかな重みと温度を感じるその言葉を、島を出る時にも忘れないように持って帰りたかった。

＊

あなたによろしくだって、と電話の向こうで理津子が言った。あのあと、麻奈は朝一番のフェリーで帰り、絹は念のため民宿に二泊させてから、本土の港まで送っていった。予想外の妊娠への喜びでいっぱいのようで、麻奈のことはほとんど口にしなかった。

そもそも麻奈とのことは、とっくに終わっていたのだろう。彼女の中では。

「様子はどうですか？」

「麻奈さん？　うん、そうね。前よりはりきって仕事してるような気がする」

旅行でリフレッシュしたのね、と笑う理津子は、くわしいことはなにも聞いていないのだろう。だから、千尋も黙っていた。

「蛸がおいしかったって」

「そうですか」

ところで、と言った理津子の声がすこし低くなる。背後で教育番組の歌声が流れている。達樹にテレビを見せて、そのすきに電話をかけているのだろう。

電話機のコードをいじりながら、千尋は食堂を見まわす。

「千尋さん、『みさきとうこ』さんって知ってる？」

どうして理津子が、その名を口にするのだろう。黙っていると、理津子はそもそも自分が星母島に行こうと思ったのは、そのライターのブログを読んだからなのだ、と続けた。そういえばここに来た時に、そんなことを言っていたような気がする。

三崎塔子。あなたの人生について書かせてほしい、と言ってきたあの女で間違いないだろう。

「その人のブログにね……あの、千尋さんのことが書いてあるんだけど」

複雑な生い立ちの女性が築く「理想郷」はどんなものであるのか、といったことが書かれているという。いかにもワイドショー的な関心を煽《あお》るような内容が気になって、はたしてこれは千尋本人の許諾を得たものなのかと気になって電話をしてきたらしい。

「知りません」

「やっぱりそうなの？　写真もなんか、隠し撮りっぽいし……」

千尋が外で子どもを遊ばせている写真が載っているらしい。引きで撮影されており、顔はわからない角度だというが、やはり気分のいいものではない。

理津子が言うには、はじめてブログを読んだ頃は単なる旅行記のような他愛ないものだったのに、最近星母島の『民宿　えとう』のことばかり書いてあって、へんな執念みたいなものを感じるのだそうだ。

「ＵＲＬ送ろうか？」

「はい……いえ、やっぱいいです」

あの時押しつけられた名刺はまだ捨てていないはずだ。気をつけてね、うん、という会話を最後に電話を切ると、食堂に麦生が入ってきた。「託児所」と大きく油性ペンで書いたポットを提げている。

「子どもたちは？」

「寝てる。お湯がなくなったから取りにきた。暗い顔してどうしたの？」

麦生に隠すつもりはないが、これからどうすべきか、もうすこし考えがまとまってから話したい。

「ちょっと疲れただけ」

「そう？　じゃあ、そんな千尋さんにいいものをつくってあげよう」

ポットに入れる湯が沸くのを待つあいだに、紅茶の葉を用意し、カップに黄金色の液体を垂らす。見覚えのない蜂蜜《はちみつ》の瓶だった。

「ネットで買ったんだよ」

なんか、若い女性の養蜂《ようほう》家の人がつくってる蜂蜜なんだってよ。麦生のその言葉に興味が湧《わ》いて、瓶のラベルを見てみる。製造者・クロエ蜂蜜園という表記の下に、たしかに女性のものらしき名前があった。

「女の人で養蜂やってるって、めずらしいよね」

「さあ。知らないけど」

ちいさな薬缶《やかん》だから、すぐに湯が沸く。ポットに注ぎながら、麦生が千尋を振り返る。

「ここでもつくれないかな」

「蜂蜜を？」

「じゃなくてもいいけど。そういう、日持ちする類《たぐい》のなにか」

民宿の客から、たまに海産物以外でなにか、ちょっとしたお土産に買っていけそうなものはないのか、と訊かれることがあるのだという。麦生がそんなことを言い出すのははじめてだ。

「何年かかかるかもしれないけど」

「……そんなこと考えてるんだ」

「何年か」という麦生の言葉が、胸の奥に落ちてじわりと広がっていく。この島で暮らす数年後を思い描きながら今を過ごしている、という意味なのだろうか。

「ここに置いてもらってる以上、役に立ちたいとはいつも思ってる」

「置いてやってるんじゃないよ」

思っていたより強い口調になってしまった。麦生が驚いたように目を瞠《みは》る。

「わたしが、麦生にここにいてほしいんだよ」

お前を島にしばりつける気はないと言った政子さんのように、自分もまた麦生を束縛してはならないと思っていた。

でも、麻奈に「伝えるべき相手はわたしではない」という話をしながら、胸がぎりぎりと痛んだのも事実だ。自分もまた、伝えるべき相手に伝えられていないことがたくさんある。

まつりのことも頭をよぎった。まつりはおそらく麦生を好いている。でもその感情はまつりのもので、千尋が制限するものではない。麦生は千尋の所有物ではない。

まつりの思いをどのように受け止めるかもまた、麦生自身の問題だった。

ならば千尋も、千尋自身がどう思っているかをそれぞれに伝えるしかないのだ。

ふいに背後から抱きすくめられた。華奢《きゃしゃ》に見えるのに、千尋を腕の中にすっぽりおさめることができるぐらいには、麦生の身体は大きい。

「千尋さん」

つむじに麦生の息がかかって、くすぐったかった。なに、と答えたが、麦生はそれ以上なにも言わなかった。

何年後かの未来に、麦生がいるとは限らない。「いつか自分がここを去る時のための置き土産的ななにか」としての提案という可能性だってある。

未来への期待を持ちそうになると、いつもこうやってブレーキをかけてしまう。

マグカップに口をつけると、さわやかな香りが鼻を抜ける。柑橘《かんきつ》系の花の蜂蜜に違いない。胃の底に落ちた甘い紅茶の熱と、背中から伝わる麦生の体温の心地よさに、千尋は三崎塔子と彼女という存在がもたらす憂鬱をしばし忘れた。


朝が来る。夜の色がどんどん淡く白くなって、そうして島に朝が来る。

どこかで鶏を飼いはじめたのか、遠くから鳴き声が聞こえた。朝食のおにぎりと味噌汁《みそしる》の用意をしたあと、三人の子どもたちを起こして、着替えさせる。食堂でのにぎやかな食事がはじまったところで、チャイムが鳴った。梨花の祖母の声が聞こえた。

「あ、来た」

唇の端に米粒をつけた梨花の顔がぱっと輝く。子どもたちはみんな、家族が迎えにきた時の顔がいちばん明るい。

玄関で政子さんと鉢合わせたのか、梨花の祖母が一緒に入ってくる。千尋はかばんを手渡しながら、昨日と今朝の様子を報告した。梨花の祖母はこめかみに手を当てて、うんうんと無言で頷く。あまり体調が芳しくないのだろうか。

梨花はこのあと保育園で夕方まで過ごし、その後またここにやってくる。

「はやく次のお嫁さんをもらわないとねえ」

梨花の祖母が頰に片手を当てる。そうすれば、ねえ、と言い淀《よど》む。梨花の父親が再婚をすることについては結構だが、その目的が家事や育児を担当させるためであるのならば賛成はできない。

「だってこのままじゃ梨花がかわいそう……」

「かわいそうではありません」

梨花の祖母の言葉を遮るかっこうになってしまった。梨花はかわいそうな子どもではありません、と繰り返す。

声を聞きつけたのか、寝室で休んでいたはずの麦生が廊下に出てきている。

「そりゃあ、千尋ちゃんはそう思うかもしれないけど……」

政子さんと千尋から目を逸らして、梨花の祖母はまた言い淀む。

「たしかにそうですね。梨花はわたしではない」

かわいそうだと決めつけるなといきり立ってしまったのは、梨花に自分やまつりを投影しているからだ。当の梨花はわかっているのかいないのか、おにぎりの残りをせっせと詰めこんでいる。自分は今、梨花にたいしてとてもひどいことをしている。聞かせるべきではない会話を聞かせている。

「それじゃあ、ね」

梨花の手を引いて、心なしか怯《おび》えたように去っていく彼女の後姿を見送りながら、「梨花は、じきにここには来なくなるかもね」と政子さんが呟いた。

子どもはじきに大きくなる。そういう意味ではないことはもちろん千尋にもわかる。

麦生の手がいたわるように千尋の後頭部を撫《な》でる。

「そういえば千尋さん、たまごが切れてたんだけど」

今思い出した、という態《てい》で、そう言いもする。

「うん、じゃあ朝市で買ってくるね」

ふたりの顔を見ずに玄関に向かい、靴を履いた。ひとりになる時間をくれたのだ。歩いていくと『スナック　ニュースター』のドアが開くのが見えた。スカーフをほっかむりにしたおばあさんが出てきた。こっちを向いて「あら、千尋じゃないのさ」と酒焼けした声を発する。『スナック　ニュースター』のママこと、ナギサさんだった。化粧もせず、店に出る時用の派手な服も着ていないせいで誰だかわからなかった。

「あんた、ちょっとおいで」

手招きされ、近づくとがばっと肩を掴まれる。

「肌ツヤツヤだね。やっぱりいい男に抱かれてる女は肌が違う」

「下世話ですよ、ナギサさん」

ぎゃははは、としゃがれ声で笑って、ようやく千尋から手を放してくれた。ナギサさんもまた朝市に行くと言うので、自然と並んで歩くかっこうになった。

政子さんは『スナック　ニュースター』の常連で、昔からナギサさんとも仲が良い。たまに島の同世代の女の人と集まって「女会」というのを開いている。「女子会」ではないのは「昨日や今日女になったような子どもと一緒にしないでほしい」という気概からだという。

「あんた三崎塔子って女、知ってるよね」

「……知ってます」

ほんの何日か前に『スナック　ニュースター』に来たのだという。例の「ライター」という肩書つきの名刺を置いていった。やっぱり、千尋のことを訊いていったのだという。診療所のシロウさんは「患者の名前は言えない」と名を伏せていたが、ナギサさんは個人情報などお構いなしだった。

「あんたの半生を本にしたいんだってさ。なんせ波瀾万丈《はらんばんじよう》ってやつだからね」

「やめてください、気持ち悪い」

三崎塔子はどうやって、千尋の生い立ちを知ったのだろう。そりゃ決まってるよ、とナギサさんが鼻を鳴らした。

「島の外に、あんたの幼少期を知ってる人間がひとりいるだろ」

「……父親?」

ピンポーン、と軽薄な声を上げるナギサさんから目を逸らした。政子さんに引き取られてから、父とはいっさい連絡が取れていない。

ナギサさんが三崎塔子から聞き出したという父親の名を聞いても感情は動かない。ただざらざらした感覚だけが耳に残る。

「わたしが思うに、男女の仲だわね。できてるんだよ、あの女は。あんたの父親と」

できてる。千尋は口の中で呟く。「本にしたい」という職業的興味で自分の周辺を嗅ぎまわっているというのよりはいくぶん納得できる、しかしとてつもなく不快な理由だった。ナギサさんの言う「できてる」は「恋人」や「つきあっている」に比べてずっとじっとりしている。なんなら「肉体関係がある」との勝負でも余裕で勝てる湿度の高さだった。

「で、あんたはどうするつもりよ」

ナギサさんの問いに「わからない」と答える自分の声があまりにも小さくて、千尋はがっかりする。こんなんじゃあ、だめだ。まるでだめだ。

どうするつもりか、よく考えなければ。しっかりしなければ。千尋は唇をきゅっと結んで、顔を上げる。

第四章　子どもが子どもを育てるつもりかい

静かに、静かに、島に雨が降り注ぐ。銀色の糸が何本もたらされているように、まつりの目にはうつる。窓際に立って、夜の雨を眺《なが》めている。

振り返って、陽太がちゃんと眠っているかどうか確かめる。タオルケットを蹴散《けち》らかして、なぜか両手をズボンにつっこんでいるのがおかしくて、うふっと声を出して笑ってしまいそうになった。

会うたびに陽太は大きくなっている。最近はどんどん新しい言葉を覚えているところらしく、ほんとうにいつも驚かされる。お風呂に入るのもごはんを食べるのもいちいち拒んだり泣いたりするようになったのには戸惑ったが、千尋からイヤイヤ期というのだ、いたって健全で正常な発達の過程だと教えられてからは気にならなくなった。

先週は雨風がひどくてフェリーが欠航になり、島に帰って来られなかった。ただでさえまつりが陽太に会える機会は限られているのに。だから梅雨は嫌いだ。

子どもが子どもを育てるつもりかい。バイト先のおばさんにそう言われたことがある。それのなにが悪いのだろう。

大人がみんなまともなわけでもないくせに。大人がみんなまともな子育てができているわけではないくせに。そう思ったのに、まつりはひとことも言い返せなかった。

だって、どれほど真剣に反論したところでむだだった。まともに聞いてくれるわけがない。勉強が好きなわけでもないのにまた高校に通い直しているのは、祖母と千尋にすすめられたからだ。子どもを産んだからといって勉強することをあきらめる必要はない、というのがふたりの持論だ。

「陽太が成人した時、まつりはまだ三十代なんだよ。子どもが独立したあとにもまだまだ自分の人生が残ってる」

すべて投げうって子どものために生きるのが母親としての正解とはかぎらない、誰《だれ》になんと言われても気にするな。千尋がそう言った時、最初は反発した。それではあの女と同じになってしまうと思った。まつりを捨てた、あの女。

「違う」

それは違う、と祖母も主張したが、実際のところなにが違うのか、ほんとうに違うのか、まつりにはまだわからないでいる。授業を受けていても、日中働いていても、時々わけがわからなくて叫びそうになる。これでいいの？　ほんとうにこれでいいの？　その問いが頭の中でこだまして、なにも手につかなくなってしまう。

まつりの部屋は民宿と隣合わせの位置にあり、千尋たちの寝室はななめ前に位置している。その部屋がぱっと明るくなって、窓に麦生が立つのが見えた。

麦くん、と呼ぼうとしたら隣に千尋が現れた。こちらは電気を消しているから、ふたりにはまつりの姿が見えないはずだ。

ふたりはめいめい、グラスを手にしている。なかみはたぶんお酒なのだろう。まだ未成年であるまつりはそれを飲むことができないし、味の想像もつかない。

陽太もこっちで寝ているし、今夜は子連れの客も、島の子どもの預かりもない。ひさしぶりのふたりきりの静かな夜を満喫しているのだろう。雨を眺めているふたりは睦《むつ》まじく寄り添っていて、まつりの心はうっすらと曇る。

千尋は昔から雨が好きだった。理由はないけど、しんとした気持ちになる、と言っていた。しんとした気持ちになることのなにがいいのか、まつりにはわからない。わからないから、雨が降るといつも窓のそばにいって眺める。いつかわかるのではないかと期待しながら。

千尋のことは昔からちっとも理解できない。言動の意味はわかるし、筋が通っているとも思う。けれどもその心持ちに、いつも寄り添えない。

寄り添ってほしいとも思われていないことが本人の言動からはっきりと感じ取れ、まつりはなおいっそう孤独になる。

千尋は島の人たちから「モライゴ」と呼ばれていた。『民宿　えとう』の貰《もら》い子。蔑《さげす》みの意味ではなく（蔑む人もいたのかもしれないが）、だからかわいがってあげよう、というような愛のある空気に満ちていた。

島のみんなの子ども、などと言う人もいた。いい子、いい子、とかわいがられ、千尋が中学生の時に教室で暴れて同級生の男子に軽い怪我《けが》をさせた時も、シロウさんは「勇ましいな、いいぞ」などとわざわざ民宿まで訪ねてきて千尋を誉《ほ》めていた。

祖母からもお咎《とが》めなしだった。いろんなことを許されてきた人なのだ、千尋は。

まつりはモライゴではない。母親である亜由美のことを、島の誰もが知っている。子どもの頃《ころ》から派手好きだったの勉強ができなかったのと、こちらが訊《たず》ねもしないのにあれこれ教えられた。勉強ができなくても、民宿の手伝いをさぼっても、「まあ亜由美さんの娘だからな」で済まされて、ある意味気が楽ではあった。最初からあきらめていれば、いろんなことがシンプルになる。

「いい子、いい子」と言われて育った千尋は、祖母から「島にしばりつける気はない」と自由を与えられたにもかかわらず、また島に戻ってきてしまった。

もしかしたら恩義とか感じちゃってたりして、とまつりは思っている。よそから貰われてきたかわいそうな子だから大事にしてあげましょう。そんな施しみたいなやさしさにいつまでも感謝する必要なんかないのに。

家の中でも千尋は「いい子」だった。おやつを分け合う際にもまつりに多く与えたし、テレビで自分の見たい番組がある時も、まつりが嫌がれば「いいよ、まつりが見たいのを見よう」とすんなり譲ってくれた。

千尋は自分のほうが年上だから当然だと言っていたし、まつりも漠然と兄や姉というのはひとしく自分の弟や妹にそのように接するのだと考えていた。だが血のつながりのある「ふつう」のきょうだいたちはかならずしもそうではないということを後年知る。

千尋はモライゴだから遠慮をしていたのだろう。祖母の血のつながった孫である自分に。

千尋たちの寝室の明かりが消えて、まつりも窓から離れる。陽太の隣に横たわって、かすかに開いた口や睫毛《まつげ》の長さを視線で愛《め》でた。

望んで授かった子どもではない。妊娠と出産によって人生の計画が大幅に狂ったのは確かだが、それでも陽太のことはこんなにも愛《いと》しい。

高校在学中に妊娠したと聞くと、多くの人は「さぞかし派手に遊んでいたんでしょうね」という反応を示すが、それは大きな誤解だ。高校時代の同級生に訊ねれば、今もきっとほとんどの者がまつりについて「あの地味な子」とコメントを寄せるだろう。だって化粧すらしたことがなかった。おとなしそうなのにやることやってるんだ、キモ、と笑われたことだって一度や二度ではない。

高校の入学式で、とある女子に「ねえねえ、星母島から出てきたってほんと？」と話しかけられた。

「あの島ってイタチが出るってほんと？」

「猿もいるってほんと？」

本土の街だって、べつに都会ではない。校舎は山に囲まれていて、休日はみんなイオンに行くぐらいしか娯楽がないくせに、離島だからという理由で露骨にばかにしてくる。

そんなまつりの気持ちは口に出さずとも伝わったらしい。件《くだん》の女子はにやにや笑いながらまつりから離れた。

その後、ずっと友だちができなかった。性別や年齢に関係なく一緒に遊ぶことが慣例になっていた島とはずいぶん勝手が違った。下宿先はかつて千尋を受け入れた遠縁の家だった。

「ここがまつりちゃんの部屋ね」と与えられた部屋も狭くて息苦しかったし、その遠縁のおじさんおばさんが「千尋ちゃんはちょっと変わってるところもあるけど、いい子だよねえ」と何度も言うのもなんだか鬱陶《うっとう》しかった。箸《はし》を使うたび、洗濯物をほすたび、千尋と比べられているのではないかと身がすくんだ。

どうにかこうにかやり過ごす、という表現がぴったりの毎日の中で、須藤くんに出会った。島にいる時だったら、なんだかひょろっとした冴《さ》えない男の子だとしか思わなかっただろう。かけている眼鏡のフレームや髪型がもっさりしていたし、同じぐらいもっさりした外見の友人たちと教室の隅でゲームの話ばかりしていた。

学校では話したことがなかった。放課後河川敷に座っている時に自転車に乗った須藤くんが偶然通りかかって、声をかけられた。

まつりはまったく気がつかなかったが、声をかけるまでにまつりの背後を三往復したらしい。あれっ江藤さんじゃない？　という第一声が裏返っていたのは緊張のためだと後から聞かされた。

「なにしてんの？　こんなところで」

「帰りたくないの」

部活をしていなかったまつりは、放課後の長い時間をいつも持て余していた。大阪にいる千尋にメッセージを送っても、返事がないことも多かった。他愛ないやりとりをするという習慣が千尋にはないのだ。

まつりは本を読まないし、音楽も聞かない。ひたすらぼんやりとしているしかなかった。都会に住んでいる人はいいなあ、と思っていた。まつりの想像する「都会」には時間をつぶす場所が無限にあった。

下宿先の家の人たちはけっして悪い人ではない。でもなんとなく居心地が良くないのだ。そんな説明で伝わるだろうかと考えているうちに会話を続ける億劫《おっくう》さが増した。自転車を停《と》めた須藤くんはしかし、「ふうん」と頷《うなず》いただけだった。

「いろいろ、あるんだね」

それからなんとなくもじもじした様子で、隣に座ってもいいかと訊《き》いた。

今ならわかる。須藤くんはたぶん女の子との会話に慣れていなすぎて、何を話せばいいのかわからなかったのだろう。しかし当時のまつりは「あれこれ質問せずにいてくれるやさしさ」だと勘違いしてしまった。

「今、塾の帰り」

「須藤くん、塾に通ってるんだ」

「うん。親がうるさくて」

眼鏡を外し、野暮ったいチェックのシャツの裾《すそ》で拭きはじめた須藤くんの睫毛が意外に長いことに気がついた。シャツにはアイロンがしっかりとあてられていて、ちゃんとしてるんだなあと好ましく感じた。

勘違いその二。まつりは寝返りを打って、陽太に背を向ける。陽太の顔はすこしずつ、須藤くんに似てくる。シャツにアイロンをかけていたのは須藤くんの母親なのに、まつりはなぜか須藤くん本人が「ちゃんとしている」と思いこんでしまった。うっかりにもほどがある。

「ねえ」

わたし須藤くんが好き、とためしに言ってみたら、ほんとうにそんな気がしてきた。えっと見開かれた瞳《ひとみ》にまつりの顔が映っていたから、目を閉じた。さびしさに負けた自分の姿なんか見たくなかった。ぎこちなく唇《くちびる》が触れて、それから須藤くんが「僕も、です」とまた声を裏返らせた。

それからふたりで毎日のように会った。そう決めたわけではないが、学校では今までどおり話すことはなかったので、ほとんどの生徒はまつりたちが交際をしていることに気づかなかったはずだ。

須藤くんの家はお父さんもお母さんも働いていて、ふたりとも夜遅くまで帰ってこないらしかった。最初は河川敷で過ごしていたが、次第に須藤くんの家に行く回数が増えた。会えばかならず抱き合った。行為自体はすこしも気持ちよくはなかったが、他人の体温を感じることは心地よかった。自分と違うつくりの身体《からだ》と力強さで抱きしめられることも。

須藤くんの痩《や》せた身体にぴったりくっついていると、時々声を上げて泣きたくなった。

「わたしね、お母さんに捨てられたんだよ」

まつりが言うたび、須藤くんは「つらかったね」とやさしく髪を撫《な》でてくれた。

須藤くんは頻繁に塾をさぼるようになった。まつりの十七歳の誕生日には、お年玉貯金を引き出して指輪をプレゼントしてくれた。十七歳の誕生日にシルバーのアクセサリーをプレゼントされると幸福になれるという話をどこからか聞き齧《かじ》ってきたのだ。

須藤くんの誕生日には下宿先の台所で焼いたケーキを持っていってお祝いした。そのような日々の中で、まつりは生理が来ていないことに気づくのが遅れた。

祖母にも千尋にも言っていないことだが、妊娠がわかってはじめて須藤くんの両親に会った時、まつりは須藤くんのお母さんから頬《ほお》を叩《たた》かれた。もっと自分を大切にしなさい、と叱《しか》られたのだ。

大切にしてたもん。まつりは頬を押さえてそう思っていた。大切な自分を愛してくれた、たったひとりの相手である須藤くんから求められたものをあげた、その結果がこれなのに。

このあいだひさしぶりに須藤くんと顔を合わせた。

大学生になった須藤くんはもうお母さんが買ったチェックのシャツを着ていないし、ハンカチも持ち歩いていない。ゼミがどうのサークルがどうのとまつりにはわからない話ばかりしていた。ファミリーレストランのテーブルで向き合っていた三時間ほどのあいだ、陽太の名前は一度も須藤くんの口から出なかったし、写真を見せてくれとも言われなかった。

麦生は違う。三度に一度しかメッセージの返信をくれない千尋とも違う。まつりが送る「ねむい」とか「おなかすいた」とかという他愛ないメッセージに、いつもさりげなく陽太の様子を交えて返信してくれる。今日はわかめごはんをたくさん食べてたよ。クレヨンで丸をじょうずに描《か》けたよ。

麦生は、陽太をちゃんと見てくれる。

いつだったか千尋に「陽太の父親が、麦くんだったらよかったのに」と言った。なかば本気でそう思っている。

須藤くんが、あんなふうに陽太に関心を持ってくれる人だったら、どんなによかっただろう。

ねえ麦くんをわたしにちょうだい。もしまつりがそう頼んだら、千尋はなんと言うだろう。案外あっさりと「いいよ」と譲ってくれるのかもしれない。子どもの頃のおやつのように。

窓の外でどこかの犬が吠《ほ》えるのが聞こえる。まつりの朝はまだ、遠くにある。

＊

ひかるの手が跳ね上がって、あわてて避けようと思ったがもう遅かった。払いのけられた衝撃で持っていたラムネの容器を落としてしまう。ひかるの好きな、ボール型のラムネ。緑や赤や黄色や、カラフルに着色された丸いラムネがばらばらと音を立てて散らばる。

今日はすこし風が強いようで、フェリーは左右に揺れている。ラムネを拾い集めようとしても四方八方に転がって孝喜《たかよし》の手から逃れる。そのあいだにもひかるは大声を張り上げて泣き続ける。

「ひーちゃんも拾って」

その声は、娘には届かない。そもそも声のボリュームが圧倒的に負けている。

どのみち泣いている時のひかるには、大人の呼びかけは一切通じない。言葉をかけたり身体に触れたりすればかえって激しく泣き叫ぶから、泣き疲れるのを待つしかない。それでも孝喜は自分の娘に声をかけ続ける。床にひざまずくようにしてラムネを拾いながら、ひーちゃん泣かないで、と。

だってそうしなければ、周囲の視線が痛すぎる。泣きやませようとしてるんですけどね、すみませんね、僕も必死なんですみません大目に見てくださいね、という態度を見せなければ、たちまち「非常識な親」のレッテルをはられてしまう。

星母島行きのフェリーのくせに、どうしてこんなに乗客が多いのだろうと孝喜は訝《いぶか》しむ。孝喜が星母島から高校への通学に利用していた頃はこんなことはなかった。

ああそうか、母子岩のせいか、と疲労でぼんやりした頭で思い出す。ひかるが耳元で泣き続けるから、最近は耳の調子もおかしい。

母子岩っていうのがあるんでしょ、子宝祈願のパワースポットなんですってね、とすこし前まで勤めていた会社の同僚に声をかけられたことがある。孝喜が星母島の出身であると誰かから聞いたらしい。

件の同僚はパワースポットめぐりが趣味で、やたらとくわしかった。

母子岩についてはもちろん知っている。ただ子宝祈願というのは聞いたことがない。興味がなかったから孝喜のアンテナにひっかからなかった可能性もあるが、でもやっぱり当時の地元民にとってはただのちょっとめずらしいかたちの岩という存在だったはずだ。

観光客集めのために誰かがデマでも流したのではないだろうか。

もしもっとはやく母子岩のご利益について知っていたら、ともがくひかるを抱きしめながら思う。こんなふうにしたらもっと泣くとわかっているのに、なかば義務のように娘の身体を抱く。この小さな身体のどこにこの強い力が隠されているのだろうと思いながら。

もっとはやく知っていたら、自分は母子岩に子宝祈願をしたのだろうか。

そうしたら、自分と妻のあいだには子どもが生まれていたのだろうか。ひかるのようにひどい癇癪《かんしゃく》持ちではない子どもが。

ひかるを押さえこんだまま床にしゃがんでいる孝喜の前に誰かが立った。デニムを穿《は》いた足が見える。靴のサイズで女だとわかった。きゅっと身体がかたくなる。

以前、ふたりで公園に散歩に行った時にひかるが泣き出したことがあって、その時は警察が来た。ひかるをなかなか泣きやませられない孝喜を見て、誰かが「誘拐犯ではないか」と通報したらしかった。幸い家の近くだったので妻に来てもらってことなきを得たが、その際に警官から伝えられた、通報者の「父親とは思えない」という言葉が今も忘れられない。

保険証やスマートフォンに入っている写真など、親子であることを証明するものはいくつかもちろん持ってはいるが、またあのようなやりとりをするのかと思うと気が重くなる。

もしひかるを連れているのが妻だったなら、というか女だったら、誰もそんなことは疑いもしないはずだ。

「ねえ」

顔を上げたら、鮮やかなピンク色の頭をした婆《ばあ》さんがしゃがみこんでいた。死神みたいな絵が描かれた黒いTシャツ。耳にはごつい銀のピアスが光っている。なんだこの婆さんは、と咄《とっ》嗟《さ》にひかるを自分の背に隠した。

妻は一度電車の中で泣いているひかるを連れている時に知らない男に「黙らせろよ」とすごまれたことがあるという。ベビーカーを蹴られたこともあるそうだ。そんな話はほかにも、たくさん聞いたことがある。

子連れの人間に異様に攻撃的になる輩《やから》は、なぜか日本全国に一定数存在する。男である孝喜はそれでも被害を受けた回数は妻に比べて少ないだろうが「ちゃんと躾《しつ》けろ」という圧は嫌と言うほど受けてきた。

「暑いんじゃないの、もしかしたら」

泣きわめくひかるの額には汗が浮かんでいる。朝方に家を出る時すこし気温が低かったのでTシャツの上にカーディガンを着せた。しかし船内は冷房が効いていて孝喜には肌寒いぐらいだ。

ためしに一枚脱がせてみなさいよ、と謎《なぞ》の婆さんに言われて、カーディガンを脱がせる。暴れるので、なかなかうまくいかなかった。

煽《あお》いであげたらいいよ、と扇子を渡された。扇子は瓢簞《ひょうたん》が描かれた渋いもので、服装とのギャップに戸惑う。

戸惑いつつもひかるの顔や首筋を煽ぐと、すこし泣き声が弱くなる。婆さんがどこかに消えたと思ったら、すぐに戻ってきた。缶の緑茶を手にしている。

「これ、首筋にあてて。ハンカチ持ってる?」

促されるままハンカチを出し、缶をくるむ。ひかるの首筋にあてると、嘘《うそ》のように静かになった。ひっくひっくと肩を震わせるひかるを抱いて、椅子《いす》に移動する。ピンクの髪の婆さんも隣に来た。

「子どもは暑がりだからね」

周囲の視線は、変わらず孝喜たちに向けられている。顔を上げなくても、空気でわかる。

「……すみません」

「風邪でもひかせちゃ大変だと思ったんだろ、今朝は肌寒かったからね」

「そう、そうなんですよ」

「だいじな子どもだもんね」

そんなふうに言われたのははじめてのことだった。さらに婆さんはひかるを一瞥《いちべつ》して「かわいいねえ」と目を細める。

「えっ」

「いつまでじろじろ見てんだよ」

婆さんが突然怒鳴った。孝喜にではない。まだ孝喜たちを見ていた中年の男にたいしてだ。

「子どもは泣くもんだよ、あんたら知らないの?」

結婚して十年目にできた子どもだった。妻も孝喜も子どもが好きで、すぐにでも欲しい、という気持ちがあったにもかかわらず。

不妊治療についてももちろん検討したが、妻から「そこまではしたくない」と拒まれたし、孝喜としても、ふたりでいつまでも仲良く暮らせるならそれだけでじゅうぶんだと思っていた。子どもをあきらめたそれからの数年間がいちばん平穏で幸せで、自由な日々だった。こういうのも悪くないよね、というか逆に良かったかもね、などと言い合っていた矢先に、妊娠がわかった。

切迫流産で自宅安静ののち激しい悪阻《つわり》、逆子の可能性に切迫早産で入院と、数々の試練に直面した妊娠期間を経て、夫婦の結びつきはより深くなった気がしている。産声を聞いた時には自然と涙が溢《あふ》れ出た。

ひかるは身体も大きく、まるまるとした赤ちゃんだった。泣き声が大きいのは元気な証拠だと言われた。

同じ月齢の子らより泣きかたがはげしいような気がしたが、市から派遣された保健師から「個性」のひとことで片付けられ、そういうものなのかと思った。

一歳半健診では「敏感な子」と言われた。あまり良い意味ではなさそうだった。古臭い絵を見せられ「ワンワンはどれかな?」と訊ねて指さしをさせるというテストがあったのだが、絵を見せた瞬間にひかるが泣き出して、手がつけられなくなったせいだと思う。

なにか気に入らないことがあると、ひかるはものすごく泣いて暴れる。気に入らない、と言ってもささいなことだ。ただ大きな音がする場所はだめだし、人が多くてもだめだ。誰かに不用意に触れられたとか、そんな理由でいつまでも泣き続ける。

敏感な子。人見知りする子。周囲の人が口にするそれらの言葉には「かわいくない」というニュアンスが含まれている。

「しつけのなってない子」と言われたこともある。こんなにちょっとしたことで泣いて暴れるのは愛情不足ではないのかと心配されたことも。

他人に覗《のぞ》きこまれた際ににっこり笑うような子どもは、それだけで無条件に相手を幸せにできる。妻の妹の赤ん坊がまさしくそのタイプだった。「愛情いっぱい大事に育てられてる子って一目でわかるわねえ」とおばさん連中が表情をゆるませて語る横で、妻はずっと表情をひきつらせていた。

帰り道で「わたしだってひかるを愛情をもって育ててるのに」と嗚咽《おえつ》を漏らす背中を撫でることしかできなかった。あの日の自分が情けなくて、恥ずかしくて、今でも思い出すと顔を覆いたくなる。

そんなひかるを、この人は「だいじな子ども」「かわいい」と表現した。

「かわいい、ですか」

「ああ、かわいいよ。何度も言わせるねえ、あんた。……あんた、孝喜だよね？　小松《こまつ》さんとこの」

星母島は小さな島だが、いくらなんでも島民全員を知っているわけではない。離れて二十年以上経っている孝喜はなおさら。民宿えとう、という名を聞かされて、婆さんの正体を知る。そういえば松林の中にそんな民宿があった。こんなロックな婆さんがいたら忘れるはずはないのだが。

「サッカーボールでうちの鉢植えを割ったことがあったね」

まったく覚えていない。すみません、と頭を下げると「あんた、ちゃんと謝りにきたよ。だからべつに根に持ってるわけじゃない」とそっぽを向いた。

『民宿　えとう』の婆さんは、孝喜が東京の会社に就職したことや結婚したことも孝喜の両親から聞いたらしく、よく知っていた。

「子ども連れて帰省？　夏休みにはすこしはやいんじゃないの」

「……そうです。いえ、あの、仕事は」

すこし前に会社は辞め、今は在宅でプログラミングの仕事をしている、という説明が年寄りに伝わるか心配だったが、いちおう口にする。

両親はそういったことに疎い。いまだに息子が会社を辞めて内職をしている、と解釈しているのだ。たまに「社会復帰しないと」と電話をかけてくるので、そのたびに説明しているがまったくわかってもらえない。

しかし『民宿　えとう』の婆さんはあっさりと「今はいろんな働きかたがあるんだよね」と頷いただけだった。話がわかる。さすが髪をピンクに染めているだけのことはある。

「妻のひとはお留守番かね」

妻のひと、という表現に戸惑っていると、『民宿　えとう』の婆さんは「あの子の言葉づかいがうつってる」と肩をすくめた。自分の孫だかなんだかが「奥さん」「旦那さん」という表現を嫌って、そんな言葉づかいをするらしい。

「妻は、そうですね、留守番、です」

すこし前から、妻は電車に乗れなくなった。外に出ると呼吸が荒くなり、涙が止まらなくなってしまう。

仕事もいろいろ大変だったし、疲れちゃった、と本人は言っているのだが、本当の理由はひかるの存在だと全員が知っている。でも妻は、かたくなにそれを認めない。

「だって子どもひとり育てられないなんて、思われたくないよ。ひかるはたしかに育てにくい子だけど、ちゃんとかわいいと思ってるのに」

意地になればなるほど、自分を追いつめてしまっていることに妻自身気づいているはずだ。でももう、どうしていいのかわからなくなってしまっている。

すこし休養すべきだ、と説得して今は実家で静養してもらっている。そうでもしなければ、妻はじきに壊れてしまう。

「まあ、みんないろいろあるよね」

孝喜の言葉をどう解釈したのか、『民宿　えとう』の婆さんはそう呟いて、ひかるから視線を外し、こんどは自分の話を長々とはじめた。

母子岩のご利益（というのかどうか知らないが）はなにも、子宝にかぎった話ではないそうだ。

安産祈願。あるいは、子どもが元気に育つように、という願いを叶《かな》えてくれるそうだ。フェリーの中で『民宿　えとう』の政子さんからそう聞かされた。政子さん、などと親しげに呼ぶ気はなかったのだが、本人がそう呼べと言うのでしかたがない。

新幹線の旅がよほど疲れたのか、ひかるは孝喜が政子さんと話している途中で眠ってしまった。折りたたんでいたベビーカーに乗せはしたが、松林はでこぼこしていて、結局ベビーカーを抱えて歩くはめになった。

父も母も、この時間はまだ家に帰ってきていない。父は島の小学校で、母は水産加工場でそれぞれ働いている。ひかるを連れてしばらくそっちで過ごしたいんだけど、と電話をした時「ああ、そう」という薄い反応が返ってきた。ひさしぶりに孫に会えると喜ぶような人たちではない。孫ならすでに八人以上いる。

孝喜自身、五人きょうだいの四番目、三男坊として生まれ、両親からの関心の薄い子どもとして育ったという自覚がある。父と同じ教師になった長男、島でいちばん大きな家に嫁いだ長女、とくに優秀なところはないがすこぶる愛嬌《あいきょう》があってみんなの人気者だった次男と同じ両親から生まれたとは思えない美人の妹と比べれば、さもありなん、とは思う。思うが、それゆえに孝喜の星母島および実家への思い入れは薄かった。

ここのことだってよく知らなかったもんなあ。遠くに見える母子岩を眺める。子どもに関する願いごとならぜんぶ、というそのオールラウンドぶりがかえってうさんくさい。やっぱり誰かが、観光客を集めるために適当なデマを流したに違いない。

両手を合わせかけて、やめる。ひかるの健やかな成長を、という願いは嘘ではないが、なんとなくきれいごとじみている。

だって自分は、ほんとうはもっと違うことを願いたいのではないか。たとえば、ひかるがふつうの子みたいになりますように、とか。

ありのままのひかるを愛せない。

今みたいに眠っている時は、なんてかわいいんだろうと涙が出そうになることもあるのだ。積木で遊んでいる時や大好きなパンを食べている時のひたむきな横顔に、毎回胸を衝《つ》かれる。

でも「もっと育てやすい子だったらよかったのに」と思わない日はない。かわいい、大切だ、と感じるのはほんの一瞬で、最近は泣き出した瞬間にうんざりするとか苛立《いらだ》つとかという感覚を通り越して、ちょっとした恐怖すらおぼえるようになってきた。

頭の中はこの子はどうしていつもこうなんだろう、という困惑に占拠され、やさしい感情など一瞬でどこか遠くに吹き飛ばされる。

そんなふうに思ってしまう自分は、もしかしたら親としての大切ななにかが著しく欠けているのかもしれない。

疲れちゃった。ぽつりと呟いた妻の、げっそりとこけた頬を思い出し、胸を押さえる。

どうすればよかったんだろう、自分たちは。

「こんにちは」

ふいに背後から声がして、驚いて振り返る。化粧っ気のない女と、明るい色の髪をした男が立っていた。その後ろからどう見ても十代の女の子と、ひかると同じぐらいの男の子が手を繋《つな》いで現れる。たぶん年の離れたきょうだいなのだろう。

幼児はおそらく化粧っ気のない女のほうの子どもだろうが、十代の女の子はその女の娘というほどの年齢差でもなさそうで、関係性が想像しづらい四人組だった。あいさつを返すことを忘れていた。あわてて頭を下げる。

「あ、『民宿　えとう』の者です。フェリーの中で政子さんがお世話になったそうで」

化粧っ気のない女が言ったので、ああこの人が民宿を継いだ女かと納得した。「千尋が言うには」「千尋は」と何度も話に出てきたので覚えてしまった。

「いいえ、こちらこそお世話になりました」

「あ、こちらが娘さんですね」

千尋がベビーカーを覗《のぞ》きこむ。寝ちゃってて、と言いながら孝喜が前方にまわりこむと、ひかるはぱっちりと目を開けていた。

あ、まずい。胃がきゅっとなる。朝であれ昼であれひかるは寝起きにたいていひと泣きするし、目が覚めた瞬間に母親でも父親でもない他人が視界に入るとパニックを起こす。人見知りとか、そういう次元ではない気がする。

ひかるはしかし、ふしぎそうに目を大きく開いたまま千尋を見つめている。大きく背中を反らせて、んんん、というような声を発する。千尋が「おりたがってますね」と孝喜を見た。

「……そうですか？」

今会ったばかりの人間にわかるものかとむっとしたが、ひかるが自分の身体をしばりつけているベルトをばしばし叩いて奇声を発しはじめたので、あわててベビーカーからおろした。

はやい子ならもう二語文を喋《しゃべ》っている頃だ、と周囲の人は言うが、ひかるはほとんど喋らない。意思表示はすべて泣きわめくことで済ませている。

女の子はとくに言葉がはやいでしょ、うちの娘はそうでしたよ、と悪意のない言葉を投げかけられるたび、耳を塞ぎたくなる。「人それぞれ」と大人同士は認め合うことができるのに、どうして子どもの発達だけは横並びであるはずだとみんな思ってしまうのだろうか。

千尋がしゃがんで、ひかると視線を合わせる。泣く、今に泣く、と身構えたが、ひかるはじっとしている。千尋が「遊ぶ？」と前方を指さすと、信じられないことにひかるはあとをついて歩き出した。

「ほら、陽太もおいで」

左手をひかると、右手を陽太と呼ばれた子どもと繋いで、千尋は歩いていく。

「千尋さんはなぜか異様に子どもに好かれる人なんです」

おかしそうに笑いながら、男が孝喜におしえてくれる。なにか答える前に男は千尋のあとを追って走り出した。ひとり残った若い女に「さすが政子さんのお身内ですね」と告げる。暑いから泣いているのではないかと即座に見破った眼力に通じるものがある。

「へえ、そうですか？」

若い女が大仰に首を傾《かし》げる。

「でも血の繋がりはないに等しいですよ」

どうも『民宿　えとう』の内部事情は複雑らしい。余計なことを言ってしまった。

「あの人、モライイゴなんです」

モライイゴ。ずっと昔にその言葉を聞いた気がするが、はっきりとは思い出せない。もっとも島では、昔から親戚《しんせき》の家から跡取りとして養子をもらうというような話はめずらしくもなかった。その「モライイゴ」にも深刻というか湿っぽい雰囲気は皆無だったはずだ。あれは『民宿えとう』の話だったのか。みんなの子どもだから大切に育ててやらないとねえ、と誰かがしみじみと話していたような気がする。

「あの人は親に捨てられて、わたしも親に捨てられて、それで同じ家で育ちました。お祖母《ばあ》ちゃんが、それはそれは慈悲深い人なので」

「お祖母ちゃん……政子さん？　えっと、君は……」

いきなり個人情報をばんばん開陳してくる若い女に戸惑う。政子さんはフェリーの中で千尋の名前は何度も口にしたが、他の名は出てこなかったはずだ。

「わたし、まつりです」

まつり、と名乗った女は、いつのまにか孝喜のすぐ隣に立っている。息がかかるほど近くに。

「あのね、教えてあげましょうか。わたしたちが今ここに来たのは、偶然じゃないんです」

港で別れた政子さんは、帰宅するなり千尋たちに「フェリーで会った小松のところの息子、なんだか尋常じゃなく追いつめられている様子に見えた」と心配していたらしい。ちょうどそこにベビーカーを抱えた孝喜が歩く姿が窓から見えて、それで急いで後を追ってきたのだという。

「海に身投げでもすると思われてたんですかね」

うまく笑えず、頬がひきつった。まつりはおかしそうにくすくす笑いながら頷いている。

「たぶんね。お祖母ちゃん、心配性だから」

「いやだなあ」

「死ぬなんてばかばかしいですよね」

ねえ、親ってめちゃくちゃしんどいですよね。高校生にしか見えないまつりが、孝喜に共犯者のような笑みを向ける。君にはまだそんな感覚わかんないでしょ、となぜか言えなかった。顔は笑っているのに、まつりの口調に異様なほどの切実さが滲《にじ》んでいる。

「その子の将来の全責任を負わなければならない、ってめちゃくちゃこわくないですか？　わたしはこわい。千尋ちゃんが子どもの相手がうまいのはしょせん他人だからです。責任の重さっていうか、種類が違うの、わたしたちとはね」

「君は……」

「だけどね、死ぬなんてばかばかしいですよ。そんなことせずに逃げちゃえばいいと思う。ね、だってみんな言うじゃないですか。つらかったら逃げてもいいんだよ、って。だから、あなたも捨てちゃえば？」

まつりの視線の先に、千尋たちがいる。いや僕は、と言う声が震えた。続きを言うことができなかった。ひかるの両手が持ち上がり、陽太を突いた。陽太が後ろに倒れる光景は、スローモーションのように孝喜の瞳にうつる。

一瞬の間を置いて、陽太が泣き出す。とたんにまつりがはっとした顔になり、駆け寄る。孝喜もひかるのもとに走った。

「ひーちゃん！　なにやってんの！」

孝喜の声にひかるがびくりと身をすくめる。お友だちにそんなことしちゃだめ、と、これまでに何度言っただろう。ショッピングモールのキッズスペースで、公園の砂場で。何度も、何度も、何度も。何度言えば、わかってくれるのだろう。

だめ、という言葉を聞くなり、ひかるの顔がくしゃっと歪《ゆが》む。天を仰いで、いつものように大声で泣き出した。

「頭は打ってないよ、だいじょうぶ」

冷静な口調で千尋がまつりに説明している。ママ、ママ、と陽太が泣きながらまつりにしがみついたことに驚いて、一瞬ひかるへの怒りを忘れた。このふたり、親子なのか。

ひかるの泣き声が大きくなる。だってひーちゃんが悪いことしたんだよ、と声をはりあげたら、地面に座りこんで手足をばたばたさせはじめた。それに驚いたらしく、陽太はいつのまにか涙を止めてひかるをじっと見ている。

どうして。どうして。

陽太を抱いたまつりが立ち去る。千尋に寄り添うように立っていた男が「あ、電話」とひどく場違いなのんきな声を発し、スマートフォンを片手に離れていく。泣きわめくひかると千尋と孝喜だけが残された。

「さっき、陽太がこの子の頭を撫でたんです。きゅうに触られたからびっくりしたんだと思います」

「頭を……撫でた?」

「いい子いい子、ってするのがブームみたいで」

なんというかわいらしいブームだろう。目が眩《くら》むほどの嫉妬《しっと》に、事実一瞬目の前が暗くなった。頭を撫でられるのが嫌で他の子に乱暴をする子どもとは大違いだ。

「すみません」

頭を下げる孝喜に千尋がなにか言いかけた時、遠くからまつりが「千尋ちゃん」と呼んだ。

「なに？」

「ちょっと、一緒に来て」

陽太はいまや完全に泣き止《や》んで、母親とともに「ちーたん、ちーたん」と千尋を呼んでいる。

ちょっとすみませんね、と走っていってしまった。

ひかるはまだ泣いている。

「いいかげんにしないと、パパ怒るよ」

もう帰ろう。ほら、立って。言葉をかえて声をかけてみても同じだ。顔を真っ赤にして、手足をばたばたさせ続ける。

もうみんな民宿に戻ってしまったのか、姿が見えない。

さぞかし呆《あき》れられていることだろう。なんて非常識な、しつけのなっていない子ども。親として無能すぎる。子どもを育てる資格なし。「子ども　しつけ」とネットで検索するたび、知りたいことはひとつもわからないまま、小さな子を持つ親を罵倒《ばとう》する書きこみばかり拾ってしまう。見てはいけない、と思いながらも、かさぶたをかきむしるようにあえて読んでしまう。

「パパ、もう疲れたよ」

想像していたよりずっと情けない声が漏れ出た。その後はもう、止まらなかった。どうして。どうしてどうしてどうしてどうして。

どうして、うちの子だけが、こうなんだ。

捨てちゃえば？　まつりの声が、今しがた耳元で囁《ささや》かれたようになまなましくよみがえる。

「ひーちゃん、パパどっかいっちゃうよ、いいの？」

立ち上がって、数歩歩いてみる。ひかるははげしく首を振って、声を張り上げる。涙と汗でぐしょぐしょになった頬が砂で汚れている。拭いてあげなければ、と思う気力すらない。

捨てちゃえば？

ひかるを置いて、空っぽのベビーカーを抱えて孝喜は歩き出す。どんどん距離が離れていくのに、ひかるはこちらを見ようともしない。こんな時に追いかけてきてくれるような子なら、もうすこしがんばれたのかもしれないなと思っているうちに、松林の入り口に辿《たど》りついてしまった。

ひーちゃん。パパもう、疲れちゃったよ、ほんとうに。

「バイバイ、ひーちゃん」

背を向けて、松林に足を踏み入れる。そうしてひかるの姿は、孝喜の視界から消えた。

＊

それは実際、ほんの数十秒のできごとだったはずだ。だが、松の陰から見ていたまつりには、もっと長い時間に感じられた。もしかしたら、彼らにとっても。

コマ送りの映像のように、ひとつひとつの動作がはっきりと見えた。砂まみれになって泣く二歳の娘に背を向ける父親。

子どもを捨てる親はどんな表情をするのか、見てみたかった。わざわざ千尋を呼びつけて、陽太を着替えさせてもらうために民宿に先に戻らせたのは、そのためだった。

全身を苛《さいな》む痛みに堪えるような男の顔を見て「違う」と思った。違う。こんなものが見たかったんじゃない。

男は松林にほんの一瞬身を隠したが、すぐに踵《きびす》を返して走り出した。娘に向かって、一直線に。

「ごめん、ひーちゃんごめん」

男が娘を抱き起こし砂を払ってやる姿を、今まつりは見ている。娘はなおいっそう激しく泣いたが、それはまつりの耳に、勝利の歓声のようにも聞こえた。

この世には捨てられる子どもと捨てられない子どもがいるのだ、と歌声はまつりをなぶった。

思い知れ。多くの親は子どもを捨てない、お前の親とは違う。普通の親は子どもを捨てたりしない、普通の子どもは親から捨てられたりしない、お前もお前の親も普通じゃない、思い知れ、お前は普通の親でも普通の子どもでもない。その歌声はいつまでもまつりの耳の奥で響き続ける。

片腕で娘を抱え、もう片方でベビーカーをひきずりながら男がこちらに向かって歩いてきた。ぼうぜんと立ちつくしていたまつりに気づいて、頭を下げる。ありがとう、と声をかけられてはげしく混乱した。なんでお礼なんか言うんだろう。

遠ざかっていく彼らと入れ違いに、千尋たちがこちらに向かって歩いてきた。陽太は麦生に肩車されて、きゃっきゃとはしゃいでいる。

まつりにつかみかかるようにして「あの人になにか言ったの?」と千尋が怒鳴る。そんな様子の千尋を見るのははじめてで、返事をするのがすこし遅れた。

「死ぬぐらいなら逃げちゃえば?　って言っただけ」

千尋が息を吸って、ゆっくりと吐く。振り上げた手を、勢いよく自分の足に打ちつける。全身がわなわなと震えていた。

「……まつりは励ましのつもりでそう言ったのかもしれないけど、誰かのたった一言が引き金になって取り返しのつかないことがおこることだってあるんだよ」

励ましのつもり、だって。まつりはこみあげる笑いを噛《か》み殺す。そんな発想をしてしまう千尋の善良さが、おかしくてたまらない。おかしくて、おかしくて、涙が出そうになる。

「たった一言でどうにかなっちゃう人は、たぶんもう行くとこまで行っちゃってる人だよ」

千尋がまた自分の足を打つ。ほんとうはまつりにビンタのひとつもかましたいところを、必死に堪えているのだろう。

ピロリロリロリン。ひどく間の抜けた音が松林に響き渡った。スマートフォンを取り出した千尋が、無言でそれを麦生に渡す。民宿にかかってきた電話が転送されるため、千尋はけっして着信を無視することはない。

はい、はい、ありがとうございます、へえ、ああ、ああー。麦生が間延びした応対をする横で、千尋はまつりをじっと見つめている。強い視線に射すくめられて、まつりの呼吸は次第に浅くなった。

「あのー、千尋さん」

「あとで聞くから応対しといて」

「いや、それが……」

麦生が腰を屈《かが》めるようにして、千尋に耳打ちする。状況をよくわかっていない陽太だけが、きゃあきゃあ笑って麦生の髪を引っぱっている。小声だったが「みさきとうこ」という名は聞きとれた。その瞬間だけ麦生の声が不快そうに低くなったから。

「わかった、電話かわる」

スマートフォンを受け取って、千尋がまつりから離れる。低い声で話しながら、民宿のほうへ向かっていく。

「まつりちゃん。ちょっと、歩かない？」

麦生が数歩歩いて、まつりを振り返る。母子岩に向かって進んでいく、その後を俯《うつむ》きながらついて歩いた。

ごつごつとかたい岩の、尖《とが》った部分ばかり選んで踏んだ。靴底を通して伝わってくる痛みを、自分への罰とする。母子岩にかけられたしめ縄が風でなびいているのが見えた。空の遠くのほうで、鳥が空気を切り裂くような鋭い声で鳴く。

「よかったね」

麦生が振り返って、白い歯を見せた。

「……なにが？」

「やっと千尋さんの興味をひけて」

ああ、と声が漏れそうになった。ずっと僕のこと好きじゃないのに好きなふりしてたもんね、と麦生が続けたから。

「だってまつりちゃん、千尋さんのこと大好きだもんね」

いつも自分のそばにいてくれた千尋ちゃん。それなのに勝手に本土に行ってしまった千尋ちゃん。ようやく戻ってきたと思ったら、その隣には麦生がいた。

千尋にもっとかまってほしい。口に出すのもばかばかしいほど甘ったれた願いを、麦生にだけは知られたくなかった。

千尋は中学生の時に、同級生の男子を椅子で殴ったことがある。大人たちは誰も千尋を責めなかった。それはモライゴだからではない。千尋が突然暴れた理由は、その男子がまつりのことをばかにしたからなのだ、とすこしあとになって知った。

「あいつの母親は男好きだから、あいつもきっと同じようになる」

杉浦というその男子が言ったことに逆上して、千尋は相手につかみかかった。親と子どもは違う、べつの人間だ、謝れ、と何度も何度も訴《うった》えた。

守るとか大切にするとか、そんな言葉を千尋はけっして口にしない。ただ行動する。他人から見れば、眉《まゆ》をひそめるような行動ではあるけれど。

そんな千尋がまつりはずっとまぶしかった。まぶしくて正視できなくても、そばにいたかった。いてほしかった。なのに。

「バカみたいだよね、わたし。もう母親なんだからしっかりしないとだめだよね」

麦生の肩の上で機嫌良く潮風に吹かれる陽太を見上げる。「まーま」と呼ばれて、心のやわらかいところがきゅっと摑《つか》まれたように痛んだ。

「うん。まつりちゃんはバカみたいだよ」

「……そんなにはっきり同意しないでほしいんだけど」

「でもそれがまつりちゃんだし、しかたないんじゃない？　親になったからって、とつぜん別人に生まれ変われるわけじゃないでしょ」

でも、と麦生が言葉を継いだ。

「バカみたいな子どもっぽい要求でも、ストレートに伝えればいいんだよ」

「麦くんは、そうしてるの？」

「うん」

得意そうに胸をはっている。おりる、と陽太が言い出し、まつりはその小さな身体を抱きとめ、地面におろしてやる。陽太はそのまままつりの足にまとわりついて遊びはじめた。

「千尋さんには『家に行ってもいいですか』ってストレートに言ったよ」

時々店に来る千尋のことが、麦生はずっと気になっていたそうだ。素敵な人だな、仲良くなりたいな、と思っていた。なんといっても愛想笑いをしないところがよかった。「ふつうはそうでしょ」「常識でしょ」というような物言いをしないところがよかった。過剰包装を嫌いそうな、それでいて「ロハス」や「ていねいな暮らし」に一定量の疑問を抱いていそうな雰囲気が滲み出ていてよかった、と麦生は指折り数えながら「僕が千尋さんに惹《ひ》かれたポイント」を羅列する。

千尋が住んでいる町を知り、そのあたりをうろつけばいつか会えるのではないかと期待していた。

「それまで店長の家に居候してたんだけど、出なきゃいけなかったんだよね。で、ちょうど荷物抱えてうろうろしてたら、会えたんだよ。すごくない？」

ひと晩過ごしたら、ますます好きになった。ずっと一緒にいたかった。そう思ったから、そのまま千尋の部屋に居着いたのだそうだ。

「……ただのストーカーでヒモじゃん。麦くんきもちわるい」

「えっ、違うよ」

「どこが違うの」

「ちゃんと外で働いてたし、家賃も払ってたし。今も給料のぶん仕事してるよ」

めずらしく、むきになっている。

すこやかでないものを抱えている。いつだったか、千尋が麦生について、そう語ったことがあった。須藤くんとしかつきあったことのないまつりにも、言いたいことはわかった。複雑な家庭環境で育った女に異様な興味を示す男は、なぜか一定数存在する。彼らは自分の抱えている淀《よど》みや痛みを、自分より不幸な誰かを愛することで解消できるとでも思っているのかもしれない。

やめろ。やめろやめろ、とまつりのほうが喚《わめ》きたい。そんなしみったれた物語を欲する男は、全員千尋の周囲から去れ。千尋はまつりとは違う。誰とも違う。同情とか下衆《げす》な好奇心とか、そんなもので彼女を汚さないでほしい。

「麦くんが千尋ちゃんを好きなところって、さっき言ったことだけ?」

「え、違うよ。もっとあるから。待って」

おもしろい、でしょ。麦生が指を折る。

「あと、照れた時の反応がかわいいし、ごはんもおいしそうに食べるし、それに……」

待って待って、あと百個ぐらい言えるはず、とすこぶるむきになっている麦生を眺めているうちに、膝《ひざ》から力が抜けていく。

なにを考えているのかわからない。ミステリアス。島の多くの大人が麦生のことをそう評する。まつりもそう思っていた。でも、もしかしたら麦くんってただのちょっと阿呆《あほ》な男だったのかもしれない。

はあ、と吐き出した息がそのまま笑いに変わる。

よかった。

麦くんがただ千尋ちゃんを大好きなだけの、すこやかで阿呆な男でよかった。麦生は千尋の背景ではなく、千尋自身を見ている。

ははは、と笑い出したまつりの足を、陽太がなにか意味のわからない歌を歌いながらぺちぺちと叩く。こんな歌も、陽太は来週にはもう歌わなくなっているのかもしれない。忘れないように、しっかりと聞いておこうと思った。二度と戻ってこないこの陽太の瞬間を、しっかりと切り取って、大切にしまっておく。

＊

目が覚めたら、すこし喉が痛かった。冷房をつけて寝ていたせいだと思いつつも、なにか悪いことが起きる予兆のような気がしてならない。千尋は時計を手繰りよせ、すこし考えてから着替えはじめる。今ならシロウさんの診療所がまだ開いているはずだ。

陽太の手を引いた政子さんに見送られ、千尋は家を出る。まつりは昨日、夕方のフェリーで本土の下宿に戻った。

千尋ちゃんにだいじな話がある。フェリーを待つあいだにまつりが言い出した時、きっと麦生のことだと思った。でも、違った。

子どもとかかわる仕事について以来、千尋は体調に気をつかうようになった。自分の身体であっても自分の身体でないように感じている。彼らを危険から守るための装置のように大切に扱う。

診療所にはシロウさんひとりだけがいた。通いの看護師さんはすでに帰ったという。

「まあ、夏風邪だね」

簡単な診察ののち、シロウさんはパソコンに向き直る。古びた診療所の中で、その機械だけが真新しい。壁にはってある人体の断面図が昔とてもこわかったことを思い出す。

「シロウさん」

聴診器をあてる際にずらした服を直しながら、話しかけてみる。

「うん？」

「まつりが、大学には行かないって」

高校卒業したら働く。それがまつりの「だいじな話」だった。働いて、自分で陽太を育てたいと言い出した。だから定時制高校を卒業するまでは千尋たちの世話になるが、それから先は自分の力でやっていきたいのだと。

シロウさんは千尋をちらりと見て、うん、とまた頷く。

「いいじゃないか」

千尋ちゃんとお祖母ちゃんには感謝してる。まつりはそう言った。だけどこれまで陽太と一緒に過ごせなかった時間はもう二度と戻ってこないから、と続けた。

「いいんじゃないか？」

すこしだけ語調を変えて、同じ言葉が繰り返される。

「手を離すのも愛情だよ。千尋」

シロウさんは机の引き出しからオロナミンCを出して「飲むか」と千尋に差し出す。なんでそんなところに入っているのだろうと思いながら、千尋はそれを受け取って飲んだ。冷えていないオロナミンCの炭酸の泡は甘く、口内をぱちぱちと苛む。

第五章　虹

『スナック　ニュースター』には、かつて一度だけ入ったことがあった。政子さんの友人でもある店主のナギサさんが、高校進学のため島を離れる際に送別会的なものを開いてくれたのだった。壮行会だったかもしれない。名称はともかく、ただひたすら島のおじさんとおばさんが酒を飲み、カラオケでがなる姿を見せられた数時間だった。

その店で千尋は今、三崎塔子と並んで座っている。ほんとうは民宿に宿泊予約の電話をかけてきたのだが、千尋が断った。話だけでも聞いてくれ、と懇願されたので、こうして今、『スナック　ニュースター』の場を借りるかっこうになった。カフェ的な場所は星母島には存在しないし、かといってこの女を民宿に入れるのは嫌だ。

千尋が店に入った時、三崎塔子はカウンターに頬杖《ほおづえ》をついて座っていた。目の前に缶コーヒーが置かれている。コーヒーありますか、ないよ、外の自販機で買ってきな、というようなやりとりが、実際に目にしたように想像できた。昼間から水がわりにビールを飲む漁師たちが集う店である。コーヒーなど頼んではいけない。

カウンターの向こうで、ナギサさんが徳用パックのチョコレートを小分けしている。

麦生が付き添いを申し出たが、断った。民宿をよろしく頼む、政子さんには黙っておいてくれ、と頼んで出てきた。

「ずっとこそこそ嗅《か》ぎまわってたんですってね。で、わたしを隠し撮りした写真を自分のブログに載せた」

スツールに腰掛けるなり、あいさつもなしに言ってやった。三崎塔子は悪びれもせず「そうでもしないとあなた無視し続けるでしょ」と肩をすくめた。

「あなたと話がしたかったの、千尋さん」

馴《な》れ馴《な》れしく名前を呼んでくる三崎塔子の顔をまじまじと眺《なが》める。長い髪を後ろでひとつにまとめた女。やや細い眉《まゆ》は弓のかたちをしており、唇《くちびる》は肌に近いベージュに塗られていた。若い頃《ころ》にはやっていた化粧法なのだろう。

いったいどうしてこの女は、そこまで自分にこだわるのか。

「千尋さんの人生に興味があるからよ」

「たいしたもんじゃないですよ」

三崎塔子がなにを期待しているのかは、なんとなくわかる。複雑な生い立ちから、多くの子どもの将来を守りたいと決意した女性の物語。

物語が大好きな人がたくさんいる。彼らはフィクションでは飽き足らず、すべてに物語性を求める。スポーツ選手や音楽家や、その他もろもろのハンディキャップを背負った人々など。彼らは「感動」と引き換えに、自分と異なる他者を受け入れるという作業をする。努力したのね。大変だったのね。すばらしいわね。それはもちろん千尋にも想像がついていて、だからこそ、気持ちが悪い。

「残念ですが、わたしにはそんな感動的な物語の持ち合わせはないんです」

親がいないことも、島で育ったことも、千尋にとってはただのそこにある事実だった。ただそこにある事実にひとつひとつ対処してきて、今に至る。

「保育士になって、それからベビーシッターに転向したのだって、生活のためです。べつに子どもと関わることに特別な思い入れがあるわけじゃない。ただ大人よりは子どもに好かれやすい自分の特性を生かしただけです」

子ども相手の仕事であっても実際に社会に出れば大人に好かれない人間はいろいろやりづらいということを知ったがそれはまたべつの話で、三崎塔子に話す必要はない。

「……お父さんに会いたくない？」

とっておきのカードを切るように、三崎塔子が千尋の目を覗《のぞ》きこむ。千尋の父なる男の所在を知っているとほのめかす。

父なる男と知り合ったのは五年前、カルチャースクールで隣の席に座った時だという。文章講座を受講していたのだそうだ。ノンフィクションライターを目指している人とか、あとはまあ自分史を書くために来ている人もいたわね、と聞かされて胃のあたりに鈍い痛みを感じた。父なる男は自分史を書くつもりだったのだろうか。自分史だと。笑わせるな。

「お父さんはあなたを放置してすぐに後悔して、家に戻ったんですって。でもその時にはもう奥さんの親戚《しんせき》があなたを連れて行ったあとだった。お父さんはあなたを取り戻したくて一度この星母島まで来たそうよ。覚えてない？　そう。きっとまだ小さかったのね。だけど、あなたの育ての親、政子さんだっけ？　その人に『あんたに育てられるのか』って追い返されて、泣く泣く帰ってきたそうよ。ね、これでわかったでしょう。あなたのお父さんはあなたを忘れていたわけじゃない。これまでずっと心のどこかにあなたがいたはずよ。あのね、お父さんは、あなたに会って話をしたがってる。だけど、何十年も放っておいた手前、申し訳なくて合わせる顔がないとも言ってる。でもね、千尋さん。そこから逃げてばかりじゃ、あなたもお父さんもきっと前に進めないはず。違う？　わかるよ。お父さんを恨む気持ちもわかる。だけど、奥さんが亡くなったばっかりで混乱してたに違いないのよ。あなたのお世話は奥さんにまかせっきりだったから、お父さんはあなたがなにを食べるのかすら見当もつかなかったそうよ。男の人だものね。過去のことを恨んでも、なにもはじまらないと思う」

口角に白い泡をためて喋《しゃべ》り続ける三崎塔子の眉間《みけん》に、不快そうに皺《しわ》が寄る。ボックス席でカラオケがはじまったからだ。

今日は休診日なのか、シロウさんが『コモエスタ赤坂』という歌を熱唱している。突然のムード歌謡とは。なにがコモエスタセニョールだよ、と千尋まで腹が立ってくる。

千尋と父の面会をセッティングしたがる三崎塔子は、当然「取材」と称してその場に居合わせるつもりなのだろう。話し合いが感動的な和解に向かうよう、あれこれ誘導してくるに違いない。トレーシングペーパーみたいなぺらぺらの言葉で。

「あなたは、『できてる』んですか？　父と」

できてる、という言葉は泥のようだ。べったりと喉《のど》をふさいで、呼吸ができなくなる。三崎塔子がたじろいだように身体《からだ》を引いたので、図星と知る。ナギサさんの推理であることは、今は言わなくてもいいだろう。

「……あなたのお父さんとは……そうよ。もう五年になる」

三崎塔子のほうはいずれ結婚するつもりだったという。父もそのつもりであると当初は言っていたが、数年前から渋り出した。「俺は家庭に向いていない男なんだ」とかなんとか言って。向いていないと思う理由が「かつて娘を捨てたから」だと知り、三崎塔子は自分の男と娘の仲をとりもつ決心をしたという。

「じゃあ最初からそう言えばいいのに。『本にしたい』とか、わけわかんないんですけど」

「それもあるの、それもあるのよ。わたしがあなた自身に興味を持っているのも事実」

「はあ」

三崎塔子が咳払《せきばら》いをひとつして、缶コーヒーに口をつける。

きっと言い訳だ。そんなもの。口の中がさっと苦くなる。娘がどうのなんて、結婚したくない男の言い訳に決まっている。

「とにかく」

「じゃあ、なおさら嫌です」

「お願い。わたしは、あの人に前に進んでほしいの」

「ところで、三崎塔子さんは『鉢かづき姫』っていう昔話を知っていますか」

「知らない。それがなに」

話を逸《そ》らされることを懸念しているのか、単にシロウさんの歌声に参っているのか、三崎塔子の眉間には深い皺が寄ったままだ。

『鉢かづき姫』は、むかし政子さんが読んでくれた。なに不自由なく育っていたお姫さまの母親が病気になり、観音様のお告げにより娘の頭に大きな鉢をかぶせると、ふしぎなことにその鉢はどれほど引っ張っても頭にくっついてとれなくなってしまった。

やがて母親は死に、父親は後妻を迎える。鉢をかぶっているという珍妙な容姿のせいで娘は継母《ままはは》から疎まれ、鉢かづきという見たままのあだ名までつけられて家を出されて放浪の旅がはじまる。そのあとは御曹司《おんぞうし》に出会ってめでたしめでたしとなるのである。

「わたしはこの話を読んで、納得がいかなかった。結婚してめでたしめでたしなのがいけないんじゃありません。当時はそれが女性の最大級の幸福とされていたんでしょう。問題は結婚した後に、財産を失って落ちぶれた姿になった父親が現れて、鉢かづきがその父親を受け入れて、一緒に暮らしはじめたことです。この父親、最初から最後まで、親としてなにもしてないと思いませんか？　奥さんが死んだなら娘を守るのは父親の役目ではないのですか？　家を追い出される娘を助けもせず、おまけに全財産なくした挙句、自分で人生を切り開いた娘に頼って食わせてもらうって、なんでそんな話を子どものうちから美談として読まされなきゃいけないんですか」

「……自分もその昔話と同じだって言いたいの？」

「違います。あなたの話を聞いて思い出しただけです。自分の妻が死んだ時、娘がなにを食べるのかすらわからなかった。どれほど『まかせっきり』だったのかがよくわかります」

これから恋が生まれるようなそんな気がしてならないの。シロウさんが情感たっぷりに歌い上げる。視線を向けると、シロウさんは千尋に向かって拳《こぶし》をつきだした。負けるな、と応援してくれているのかもしれないが、ならばなぜそんな歌を選んだのか。

赤ちゃんの泣き声がひっきりなしに聞こえてきた。夜中もそうだった。当時同じマンションに住んでいた人の、その証言。

母の死は事故だった。育児について、誰《だれ》かに頼れる状況だったのならば防げた類《たぐい》の事故だった。ひとりっきりで近所の人に「気むずかしい赤ちゃん」と評されるような自分を育てていた母。

「恨んでもなにもはじまらない、とあなたはさっき言いましたが、わたしはべつに恨んでいません。ただはずれくじを引いたような感覚があるだけです。自分の父親がそういう人だった、ということに関して。前に進めない、と言われても困ります。わたしは生まれてこのかた進み続けてます。そこに父という存在がいないだけです」

「はずれくじなんて言いかたはないんじゃないの？　……ねえ、あなたも小さな子どもを預かる仕事をしているんだからわかるでしょう？　子どもを育てるってほんとうにたいへんなことよ。きれいごとじゃないの。それとも実際親になってみないとわからないのかな？」

　そのように言うからには三崎塔子にも親になった経験があるのだろうか。千尋にはわからない。千尋にわかるのは、目の前の女がぜったいに自分に言ってはならないことを言ったということだけだ。

　ボックス席に移動したナギサさんが『魅せられて』という曲を歌っている。若い漁師たちがタンバリンをシャンシャン言わせているのでたいへんにやかましく、千尋は声を張り上げた。今エーゲ海から吹く風に負けるわけにはいかない。

「親になってみないとわからないという言葉、わたしは嫌いです。わからないからなんなんですか。わかったらどうなるって言うんですか。親の気持ちを知ってるあなたやわたしの父だっていうその人は、わたしとは違う素晴らしい境地に達してるんですか」

　誰もが未成熟で歪《いびつ》な心を抱えている。自分だってそうだ、歪の極みなのだ、とわかっている。

だからそれを理由に、三崎塔子たちを攻撃しない。ただ、「その経験がある」ということを理由に一段高いステージに立ったように他人を見下ろす行為には我慢がならなかった。

「千尋さん、言っとくけど事情があって親と暮らせなかった子ってそんなにめずらしくないのよ？　わたし、たくさん取材してきたからわかるの。彼らもみんな、割り切れない思いを抱えながら、それでも自分の親を許してあげ……」

「『みんな』がどうしてきたかは、わたしには関係ないです」

「みんな」とか「ふつうは」ということを大事に守っていく側に三崎塔子たちがいるというなら、自分はそれを壊していく側に立つ。そう決めたらすっと気持ちが鎮まるのがわかった。

すこしずつ、すこしずつ、あちら側とこちら側を隔てる壁に穴を開けていく。そうやって風を通していく。今自分がいる、この場所から。その風によってすこし呼吸が楽になる人間は、自分の他にもきっといるはずだから。

わかった、わかった、ちょっと落ちついてちょうだい、と三崎塔子が片手を上げる。感情的になってなどいない自分に、シリアスムードたっぷりに「落ちついて」と眉をひそめるなどほとんどギャグの領域だった。ほとんどギャグ、と思える自分に安堵《あんど》してもいる。

「あなたが執着してるのはほんとうはわたしじゃないでしょう。そんなに結婚したいんですか？」

三崎塔子の頬がうっすらと赤くなる。執着してなんかない、と返答する声が震えた。もしかしたらもうとっくに父なる男の気持ちは冷めていて、この女はそれを敏感に感じとっているのかもしれない。離れていこうとするものに、人はよりいっそうしがみつくものだから。

ふいに、三崎塔子の肩にそっと手を置きたいような気分になってくる。もういいじゃないですか、そんな男。

もしこんな知り合いかたでなければ、もうすこし仲良くなれたかもしれないのに。

「……わかった、じゃ勝負しない？　あなたに常識が通用しないのなら、わたしも非常識な方法を使う」

「は？　勝負？」

どうにか気持ちをたてなおしたらしい三崎塔子が、すっと片手を上げる。いやあなたはずっと非常識な方法を使ってきたじゃないですかと千尋につっこませる間もあたえず、一曲歌い終えて戻ってきたナギサさんに「いちばん強いお酒をふたつください」と頼んだ。

「さきに飲み終わったほうが勝ちで、負けたほうは言うことを聞くってことでどう？　あなたが勝ったらわたしはもうここには来ないし、わたしが勝ったら、わたしはあなたをお父さんのもとに連れていく。どうする？」

この人はいつもこんなやりかたで自分の要求を通すのだろうか。滑稽《こっけい》だ。哀《あわ》れでもある。勝負しない？　だって。

唇の端を持ち上げる三崎塔子は、きっとものすごく酒に強いのだろう。まちがってはいない。

勝負は自分の得意分野でやるべきだ。

「あ、自信ない？」

挑発のつもりだろうか。前言撤回だ。やっぱりこの人と仲良くなるのは無理みたいだな、というあきらめの気持ちを抱えつつ、千尋は「ふふっ」などと笑う三崎塔子から目を逸らす。

透明の酒をなみなみと注いだコップが目の前に置かれた。三崎塔子がコップに手をかける。千尋が口を開きかけたとき、『スナック　ニュースター』のドアがばんと音を立てて開いた。ピンクの髪を振りたてて、政子さんが入ってくる。

政子さんが三崎塔子からコップを奪う。中身がすこし零《こぼ》れ、強いアルコールが香った。政子さんは腰に手を当ててコップを呷《あお》る。口いっぱいに含んで、そのまま三崎塔子の顔面に噴射した。ぎゃっ、と声を上げて三崎塔子が両目を押さえる。どうももろに目に入ってしまったらしい。

「千尋はあたしのもんだよ！　帰れ！」

この子がいないと楽隠居ができなくなると叫んだ政子さんは千尋のコップをも奪い、また口に含んでブシャーと吐き出した。こんどは千尋の肩にもちょっとかかった。細かな霧とともに、ちいさな虹がいくつか生まれるのが見えた。

あの時、三崎塔子の前に置かれたコップには焼酎《しょうちゅう》が、千尋の前に置かれたコップにはミネラルウォーターが入っていたらしい。あとでナギサさんがこっそり教えてくれた。

　政子さんに電話をしたのはシロウさんたちで、駆けつける直前まで実況のように千尋たちの会話を伝えてもらっていたという。焦って何度か取り落としたらしく、二つ折りの携帯電話が傷だらけになっていた。

「島のみんなの子どもだって言っただろ?」

　ナギサさんやシロウさんにかわるがわる肩を叩《たた》かれて、すこしだけ泣いた。すこしぐらいならいいだろうと思った。

　あたしは何度でもあれをやるよ、と帰り道で政子さんはコップの水を口に含んで吹くジェスチャーをしてみせた。

「あんたが連れて行かれそうな時は何度でも何度でも」

「島にしばりつける気はないって言ってたのに」

「自分の意思で出ていくのは自由。親子の情だかなんだかに搦《から》めとられるのとはまったく違う」

　だいじなのは自分の意思があるかどうかだよ、と言ってから「自由すぎるのも考えもんだけどね」と肩をすくめた。亜由美さんのことを考えていたのかもしれない。

「あたしは、あの子に謝らないといけないよね」

　まつりに悪いことをした、と後ろ手を組んで歩く政子さんが目を伏せる。

亜由美さんは、ほんとうは島を出る時、まつりを連れていくつもりだった。それを政子さんが制止したのだという。

「まつりを不幸にしたくないなら置いていけって言ったんだよ」

十数年経過して、はじめて知る真実だった。

「あたしはまつりがかわいくて」

かわいくてかわいくて。くりかえすたび、声が湿度を増す。

「亜由美に育てられるわけがないって決めつけた。でもそれが、まつりをいじけさせる原因になっちゃったね」

千尋もまた、おなじことをした。まつりひとりで陽太を育てられるわけがないと決めつけた。でもそれは、まつりから陽太を取り上げたのと同じことだったかもしれない。

千尋にとってのまつりは、いまだに小さく頼りない存在だった。伊岡幸恵と愛花母娘《おやこ》のことを批判的な目で見ていながら、自分もまつりひとりでは無理だ、育てられないと最初から決めつけていた。愛情でもなんでもなかった。

でももう、手を離してあげよう。そしてもし彼女が自分ひとりでは無理だと思った時にはまっさきに頼ってもらえるような存在になるべく、今から努力しよう。

まつりは天使じゃなくていい。天使になどならせてはいけない。誰ひとり。

政子さんはまだ目を伏せている。あなたにはいつもズンドコズンドコというドラムに合わせて叫んだり、もげそうな勢いで頭を激しく振ったりするババアでいてほしいんだ、という思いをこめて、千尋は口を開いた。

「それは違うよ、政子さん」

亜由美さんをひきとめようとした政子さんがどのような言葉をかけるのが正解だったか、あとになって他人があれこれ言うのは簡単だ。まつりを置いていった亜由美さんを責めることだって、誰にでもできる。でも千尋やまつりが今日まで生きてきたのは、亜由美さんを責める正しい人びとのおかげではない。

間違うことはある。後悔もする。自分たちはきっと、そんなふうにしか生きていけない。

しょんぼりと肩を落とした政子さんは、なにも答えない。

「それは違うんだよ、ババア」

言い直したら、政子さんの肩がぴくりと跳ねた。「ちょっ」という、今まで一度も聞いたことのないような鋭い声が漏れる。

「ババアってなに！　あんたなんてこと言うの！」

「ちがうって、魔除《まよ》けみたいなもんだから」

口にしてみると自分でも超絶に意味不明な説明だった。なおも不満そうな政子さんにタイの子どもの話をしながら、千尋はあのちいさな虹を思い出していた。世界一きたなくてきれいな虹だったと、あとで麦生に話そう。

＊

「すごいな、政子さん」

　理津子が笑いすぎて目尻《めじり》に溜まった涙を指で払う。

「うん。すごいですよね」

　また来ます、こんどは三人で、と言った理津子はほんとうに夫を星母島に連れてきた。達樹は確実に大きくなっており、しかし千尋のことは覚えていないようで、理津子はしきりにそれを残念がっている。

　忘れていい。忘れてほしい。それが千尋の願いだ。今まで関わった子どもたちには全員、自分と過ごした日々のことなど忘れてほしい。だってそれはその後の彼らの日々が多くの喜びや発見や収穫に満ちた日々であったことの証明となる。

　理津子の夫と達樹は部屋で眠っている。二十三時を過ぎた島はしんとしているが、食堂で向かい合う理津子は目をきらきらさせている。ひとりだけ夜更かしして聞く三崎塔子との対決の話がよほどおもしろかったらしく、親にお話の続きをせがむ子どものように何度も「それで？　それで？」と身を乗り出す。

「ところで理津子さん、今回はなにしに来たんですか」

コーヒーのおかわりを注ぎながら問うと、理津子は照れたように肩をすくめる。

「子宝祈願」

前回はまともに祈ってなかったのであらためて、と言うのだった。

「あらためてもうひとり子ども欲しいなあって思って」

「だいじょうぶですか？　さっき夫婦でもめてましたけど」

夕食の際、理津子は夫に「わたしは達樹の世話をしながら自分の食事をしなければならないのに、あなたはなぜいつも自分だけ悠々と飯を食っているのか、わたしにも熱々の味噌汁《みそしる》を飲ませろ」という旨の苦情を述べていた。

「もめてない、意見交換をしてただけ」

「意見交換」

意見交換というよりは国会答弁のような趣だった。夫のほうが「あー、んー、あのー」と煮え切らない返答をしているのを含めて。

「そう。まあ、子どもがふたりになったら大変だろうなって思うけど、でも」

眠いしお腹《なか》は空《す》くし、世話も家事もエンドレスだし、それでもやっぱり育っていくものを見つめる喜びはほかの行為では代替が利かない、唯一無二のものなのよ、だそうだ。

「……わたしの母親も、一回ぐらいはそう思ったことあったんでしょうか」

コーヒーをひとくち飲んだ理津子は「それはちょっとわたしにはわからないけど」と首を傾《かし》

げた。

「わかってます。理津子さんはわたしの母親ではない」

はじめてここに来た時の理津子の姿を思い出す。とても疲れた顔をしていた。赤の他人だ。自分の母親を重ねるのはまちがっているとわかっていた。でも彼女のためにスープをつくりながら、千尋はたしかに自分の母親のことを思っていた。こんなふうに、なにか温かいものを差し出せたら、どんなによかっただろう。たったひとりで子どもを抱え、必死で生きていたその人に。

母親ならば誰でもひとしく同じことを考えるはずだ、愛しているはずだ、などとは言わない、気休めの言葉を吐かない理津子は、だからこそ信頼してもいいような気がしている。

「でも、わたしは千尋さんがここにいてよかったよ。ここに」

確実に言えるのは、それだけ。そう続けて照れたように自分の頬を手でこする理津子の額のあたりを、じっと見つめる。

まつりにもそう伝えよう。まつりが抱えている屈託はまつりだけのものだ。千尋のどんな言葉もきっと彼女を救わない。でも自分がまつりがいてよかったと思っていることを、千尋はまだ本人に伝えていない。

「うちの近くにもこの『民宿　えとう』みたいなところ、ないかな。『育児、無理！』って思ったらさ、そこに泊まりにいくの。で、託児所に子ども預けて寝たり、他の宿泊客と『夜泣き、きついよね』とか話すの。どうしようもない愚痴も誰かに話すと楽になるじゃない」

理津子が語る理想の民宿イメージは「館内に紙おむつやミルクの自販機があったり」「ノンカフェインのドリンクバーを設置したり」などと、異様に具体的だった。これまでに何度も繰り返し考えてきたことなのかもしれない。

「つくればいいいんじゃないですか？」

「え？」

「だから、理津子さんが。自分の住む街に」

いや無理だよ、と笑いかけて、ふっとまじめな表情になる。理津子はそのまま黙りこんでしまったけれども、千尋には理津子の思考がものすごいスピードで展開していくさまが目に見えるようだった。

願うだけなら誰でもできる。願いはすべての種子だ。種子がなければそこから芽を伸ばし、葉を広げることもできない。枝に沿うようにして、世界は広がっていく。そこでふたたび蒔《ま》かれた種子が、また新たな誰かの世界を広げていく。理津子は自分のすべきことをする。千尋もまた。

「麦生が」

千尋がすこし迷ってから、口を開いた。理津子が「うん」と身を乗り出す。

「保育士の資格を取るそうです。通信教育で。ないよりあるほうがいいと思ったって。ここでずっと働くために」

「へえ」

いいね、と理津子が微笑《ほほえ》む。

今さっき、麦生からそう報告されたばかりだった。もう決めたからね、と得意げな顔をしていた。立ち上がって、台所に入る。明日の朝食の仕込みをしなければならない。託児所で眠っている陽太と他のふたりの子どもたちと麦生の顔を思い浮かべた。

ボウルにいくつもたまごを割り入れる。泡だて器がボウルの底にあたる音がリズミカルに響く。理津子が隣に立った。牛乳と砂糖を加えると「あっ」とうれしそうな声を上げる。

「フレンチトースト?」

「そうです」

わたしフレンチトースト大好きなんだよね、と理津子がうれしそうに両手を擦り合わせる。前回もそんなことを言っていた。バットに厚く切った食パンを並べ、卵液を注ぐ。

「そういえばはじめてここに来た時、たまご色の夢を見たの。あれって、フレンチトーストの予知夢だったのかもしれないね」

「……もっと役にたつ予知夢が見られるようになるといいですね」

理津子に手伝ってもらって、冷蔵庫にバットをしまった。たまご色に浸る食パンたちは、なにやら満ち足りて、いかにも幸せそうだ。

「明日の朝を楽しみにしててください」

理津子にそう言い残して、千尋は食堂を出た。寝室の窓から見える月もまた、のんきそうにぷっかりと空に浮かんで、たまご色の光を放っている。満ち足りていそうだったり、のんきそうに見えるのはたんに自分の心が反映されているだけなのだと、千尋は今ようやく気がついた。

著者略歴

寺地はるな（てらち・はるな）
1977年佐賀県生まれ。大阪府在住。2014年『ビオレタ』でポプラ社小説新人賞を受賞しデビュー。2020年現在、『夜が暗いとはかぎらない』が山本周五郎賞にノミネートされている。他の著書に『今日のハチミツ、あしたの私』『大人は泣かないと思っていた』『正しい愛と理想の息子』『わたしの良い子』『希望のゆくえ』『水を縫う』『やわらかい砂のうえ』など多数。

Kadokawa Haruki Corporation

寺地はるな

彼女《かのじょ》が天使《てんし》でなくなる日《ひ》

*

2020年9月8日第一刷発行

発行者　角川春樹
発行所　株式会社　角川春樹事務所
〒102-0074　東京都千代田区九段南2-1-30　イタリア文化会館ビル
電話03-3263-5881(営業)　03-3263-5247(編集)
印刷・製本　中央精版印刷株式会社

定価はカバーに表示してあります。落丁・乱丁はお取り替えいたします。
ISBN978-4-7584-1359-6 C0093
http://www.kadokawaharuki.co.jp/
本書は書き下ろしです。
JASRAC出 2004859-001